明亮的谷地

陳允元

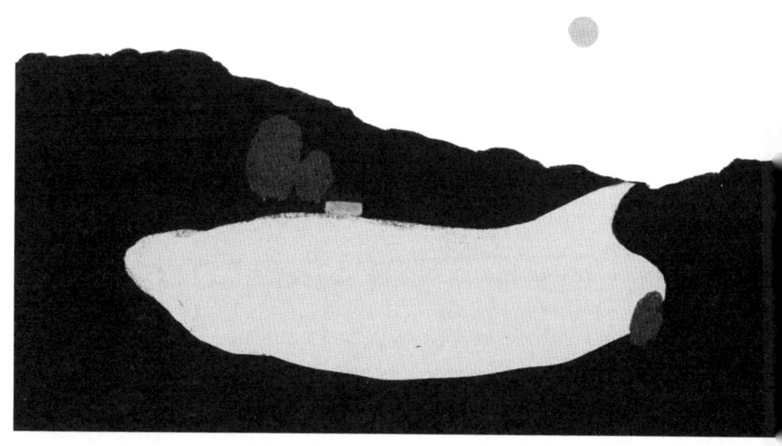

目次

輯三　夢中婚禮

輯四　冬季房間

推薦序

浮浪貢的群山淡景

鄭順聰

不要被作者陳允元圓滾滾的憨厚外型及幽默風趣騙了，雖說此君被稱為台文界的哆啦A夢，任何疑難雜症問他，隨即從百寶袋掏出相關書目與成堆資料，知無不言，言無不盡。其實，陳允元的真面目是一尾哥吉拉，每每在上課時狂噴台灣文學眾知識，講義是無限延長的PPT，課堂上卻只能教授一小段，欲罷不能的他常超時，多次被趕著下課，甚至強制關燈。

審論文時，銳利批判，狂烈如獸，目眥盡裂。

此君的嗜好易於常人，喜歡「寫論文」。不可能。凡讀過研究所或在學術圈者，都會瞪大眼睛，怎麼可能！都被龐雜資料與指導教授折磨得不成人形了，怎會有人喜歡寫論文？

沒錯，撰寫論文是陳允元的最愛，喜愛在學術奧義與歷史幽谷裡冒險，他是台灣文學的癡人，論文獸是也。

這本《明亮的谷地》卻非論文集，而是散文集結——談可計算的生活，不可計算的人生，列舉其中的種種參數，細述研究歲月之甘苦，用一本書做一件事：自我文本分析。

初初閱讀，嘖嘖嘖，看似技術含量不高，技能點數甚低，有點像居酒屋閒談，零碎蕪雜……咀嚼咀嚼著就有了滋味，微微散發熱度，讓人感到放鬆——就像〈掠龍〉裡功力深厚的師傅，按摩之後筋骨舒暢，還能療癒心神。又像〈偽單身放風計畫〉，雖說彼時作者賃居的房間簡陋窄隘，卻可讓在家庭與職場奔波勞碌的妹妹安穩地偷閒睡個飽眠(pá-bîn)。

毋寧是翻過學術論文那奧運冠軍戰般高強度的競技山丘，來到放鬆的安心所在。

盡是些平淡無奇小事叨叨絮絮，好似在捷運偶遇朋友，順道一起搭車回家邊聊天，誠懇、溫馨、可愛，談著談著話題就廣了：做不完的工作，令人頭痛的職場小人，身體的病痛與醫生——漸而轉換方向，想起前女友且列數(用手指拗折)，不悔的文青時光，面對現實，思索夫妻相處之道以及租屋購屋煩惱，捷運一站過一站，時間流逝慢流逝，車程不長，友情比較長。

我和允元碰面，總在美食現場，最初是在府城的阿美飯店圍桌共嚐手路菜砂鍋鴨，之後邀請到我主持的台語廣播節目談天說地，訪問完移步到牯嶺街的南山鐵板燒請他們夫婦吃飯，才知道此君凡見半熟蛋必點，對甲殼類超級熱愛，我還將此軼聞寫入《台味飄撇》中。此外，在府城的永記虱目魚丸，大稻埕的媽祖廟口食肆，南北兩路，這位饕客的身影無所不在。

台南人，釣蝦達人，有愛貓摸摸但個性偏向狗派，少年時愛運動，騎上摩托車便亂兜亂跑，乃從法律系轉到台文所之無限延長博士生……身分多元，曾出版超厚詩集《孔雀獸》，為超冗長超藝術超現實紀錄片《日曜日式散步者》的時光機掌舵者、超龐大資料庫主理人。在網路世界，更是慌張主婦枕邊那位成天喊餓、什麼都不會只會寫論文的老公。

長久的研究生涯與教職漂流後，允元終於靠岸，覓得正式職位，結婚並確定了住居。但在這之前，他就像個浮浪貢(phû-lōng-kòng)，台語的本義是遊手好閒、不務正業之人，過去泛指年輕人與底層階級。卻在這個時代，於都市於學界產生了新品種的浮浪貢，收入與工作斷斷續續，浮浮沉沉，在這個社會找不到定位，遲遲無法落地。

某回，我們在日本料理店聚會，允元透露出版散文集的消息，書名初定

《明亮的谷地》，但他想以「浮浪」命名，問我有何想法，餿主意滿天星的我隨即連發：浮浪者、浮浪獸、浮浪蟹、浮浪繪、浮浪情……少說也取了四、五十款，看允元表情篤定，還以為浮浪終會落地定型……沒想到，出版社代傳來書稿請我寫推薦，竟維持原案《明亮的谷地》。繞了那麼大一圈，最終情歸 first love，腦汁絞盡的我在心中大喊：裝痟的（tsng-siáu--ê）。

都答應為序了，只好硬著頭皮讀下去，唉唉唉，心漸漸放軟，被其行文間的真性情融化，渾然似半熟蛋，戳開蛋白的純潔外表，緩緩流出裡頭軟甜清香的黃澄澄膏腴。書名所從來〈明亮的谷地〉，雖然僅有千字，但也是最模糊的一篇（敢情淚光閃閃），淡淡的、幽微的、感傷的，這樣的筆墨與觸感，讓我想起石黑一雄早期的代表作《群山淡景》。

論文獸真的不是普通人，是天天打電話回家給媽媽的兒子，作為兒子的我與普天下兒子們，都無法相信這要怎麼做到？當有一天，媽媽無法接電話，斷線了，對這「痴情兒子漢」會是多麼巨大的悲戚與空虛。然而，允元的文字依然平靜悠緩，追敘母親生前生後的種種，日本電影導演是枝裕和般，以細節與畫面，轉出回憶中曾有的「元元家之味」。

溫暖日常的內裡，是止不住的憂慮，總令家人朋友感到安心的元元，笑笑地承受吞忍（thun-lún）。於學界與都市邊緣漂流，在似輕實重的浮生中擺盪，浮浪貢再怎麼浮浪，飄飄盪盪總離不開心中的那片谷地，惦記著、深藏著、書寫著，坦然朗澈的追懷。

此書的名稱與主角，終究歸於心目中的女神：母親，太太，以及一個久久才落地的詩人。

是人生上半場的總結整理，也是下半場的備審資料，哆啦A夢神通廣大，掏出各式道具將瑣碎的日常、枯燥的學術、平凡的自己，娓娓道成一篇篇興味盎然的文章。領著讀者搭上火車，望著窗外流逝的風景，搖晃擺動，勾連起內心最深的悲懷感情，穿越幽暗的隧道，如幻夢乍見，來到盡頭的那片谷地，開闊、翠綠、明亮。

【簡介】
鄭順聰，作家。
嘉義民雄人，中山大學中文系，台師大國文研究所畢業。近來作品有華語散文集《夜在路的盡頭挽髮》，台語詩集《我就欲來去》，《台語心花開》，《台味飄撇：食好料的所在》等。

輯一　明亮的谷地

老鼠的字盤

和妹妹在二手書店，看到很久沒見的鉛字盤。應該是最近裝上去的。店主將字盤橫立起來，用黑色鐵架固置在開門進去的第三個書櫃，像半掩的門扉。我和妹妹站在字盤前看了一下。妹妹問老鼠的字盤還在不在？我說不知道，好像賣掉了。她以指腹觸摸那冷硬浮凸的字體方陣，看起來十分懷念。

夏日的陽光穿越木門旁的玻璃櫥窗，將妹妹的頭髮染成金黃。她正為了碩士論文題目煩惱，歪著頭，翻閱短櫃裡一落落的過期雜誌。我瞇著眼瀏覽書的反光，一面想字盤的事。印象中老鼠有兩個字盤，一個是鐵製長方形的，約兩個肩膀長，另外一個也是。摸起來吵啦吵啦。對小孩而言，兩個都相當地重。

老鼠有時在夜間工作，碁碁叩叩。她說「對不起哦有稿子在趕，會吵一點」，便潛入我的房間。那是我第一個自己的房間。我喜歡把童話書、故事書、恐龍圖鑑擺滿床邊，聽老鼠一個字一個字敲，很快就睡著了。當時她還不叫老鼠，也不叫馬鈴薯。我和妹妹是她的孩子。電腦好像已開始流行，但家裡還沒有；只有一張抽屜很多的木桌，兩個字盤，和一架淺綠色的鐵製打字機。

我和妹妹喜歡把抽屜一個一個拉出來，看有什麼東西。修正液、代針筆、剪刀、膠水、鑷子。底層的大抽屜裡有排版用銅版紙。黑色色帶有一種複寫蠟的氣味。還有一些零落的鉛字，有些字我認得，有些不認得。我喜歡那些字。有時候我會查字典看那是什麼意思，有時候問老鼠。妹妹小我三歲，聽不懂我們說什麼，只喜歡跟在旁邊玩，拿修正液在抽屜裡畫奇怪的圖。她那樣做時會被老鼠罵，因為修正液有毒。

我在書店瀏覽著書，一面想起這些往事。

半年前在某出版社十週年的促銷活動得到一枚鉛字。字鑲在銀色小盒裡的黑色海棉切口，買書就能向櫃台索取。我拿到的是「受」字，編號000238。這樣的東西從前老鼠有很多啊，居然擺在精緻的小盒子裡一枚一枚送出，感覺有點超現實。我給老鼠看。老鼠拿在手中轉來轉去，把「受」還給我繼續煮飯。那是字盤裡「受」的樣子。我想給妹妹看，但當時妹妹在外地念書，長假才會回家。

妹妹找到她要的《當代》雜誌第二、三號。「六〇年代專題」，一九八六年出刊。那年，我們跟六〇年代的老鼠一樣小。碁碁叩叩，我長大了。碁碁叩叩，妹妹也長大了。我們的影子被拉得很長。碁碁叩叩，老鼠縮成好小一顆，圓圓的。老鼠的字盤賣掉了。但她很先進，會上網，會傳簡訊，會看我和妹妹的部落格。

碁碁叩叩。老鼠縮成好小一顆，圓圓的。

封印

大學時期我有一台電腦。它不能連網，之於我卻意義重大。

彼時宿舍電腦的普及率還不算太高。四、五個人一間的寢室，大概會有一台，當然也有寢室是完全沒有的。雖然必須使用電腦的場合愈來愈多，但不少作業還是手寫繳交，且法律系的報告相對少，需要時到計算機中心登記借用即可，還可以順便吹冷氣。宿舍的電腦大部分的時候是拿來上ＢＢＳ的，偶爾也有人打單機版遊戲如《曹操傳》、《軒轅劍》或是《NBA Live》。那時線上遊戲還沒開始流行。有些同學很大方，願意把電腦分享給大家使用，即便在他睡眠的時候。就像爸媽的年代一群人跑去誰家看電視，這些同學的寢室，也成為我們的客廳。房間有門鎖，卻形同虛設，因為隨手往門外的電箱上一摸，往往就能摸到一、兩張無餘額的電話卡。我們熟練地用卡刷門縫開鎖，俗稱「刷卡」。只要與寢室的住戶達成默契，就能被容許在各種時段自由進出，用不關機的電腦打BBS，逛版聊天。那時開始流行新注音輸入法，但我還是習慣用ㄅ半，且打字速度比誰都快。

升大二的時候，忘了用什麼理由，大概是寫作業需要吧，我厚顏地向媽請購一台電腦。媽說知道了。過了一陣子，媽來電說匯了兩萬元給我。我到光華商場找了一間聽過名字的店家，請它在預算內幫我組一台。幾天後接到通知，我興奮地騎車到八德路，把主機放在腳踏板上載回來。笨重的CRT螢幕，記得是廠商直接配送到宿舍的。終於有了電腦很開心，但奇怪的是，它無法連上網路。室友陪我試了很多次都失敗，只好騎車把主機載回去店裡。測試都沒問題，但回到宿舍就又不行了，像被什麼封印。我甚至好幾次請計算機中心負責障礙排除的資深工讀生到宿舍「出診」，但直至大學畢業，這台電腦一次也沒有順利連上網路。在網路時代，不能連網的電腦近乎殘廢。雖然可以聽音樂、玩玩單機遊戲或windows內建的新接龍、踩地雷，但至多只能稱得上一台多媒體文字處理器，像十多年前老媽邊打字邊聽收音機一樣。望著它，我感到失望、洩氣，卻又不知道該怎麼跟媽說，畢竟我隱約知道家裡的財務狀況大概不算好，請購電腦已經過於任性，不如預期也只能認了，何況還是自己挑的。我想起小時候有一次妹妹生日，媽帶我們到民族路的遠東百貨四樓給她挑禮物。在琳琅滿目的玩具中，她看中了「柔柔化粧箱」，大概以為買了就能像大人一樣梳妝打扮吧。回到家，她滿心期待地開箱，我也覺得有些興奮，卻發現那只是塑膠做的家家酒配件。妹妹很失望。不久後媽上樓，問化粧箱怎麼樣？妹妹很貼心，笑著跟媽媽說很喜歡，謝謝媽媽送我生日禮物。我在一旁卻覺得好難過，都快要哭了。多年後我偶然提起，妹妹說她早就忘了，我卻一直記得那個令人心碎的生日禮物。電腦無法連網的事，我不知道當下有沒有跟媽說。後來想起，我反而感到慶幸。因為幾乎不會有人想要用我的電腦，它也就成為了名副其實的個人電腦（peersonaal computeer），不必與誰共享。我的寢位在最裡側靠窗。上層是床，下層則是書桌與內務櫃。不能連網的電腦放在內務櫃旁的小邊桌，為我的宿舍生活劃出一個小小的個人結界。我在桌前讀書、背法條，到別人的房間打BBS，深夜用自己的電腦寫作，延續高中時期萌芽的文學夢。

讀法律系，部分原因是為了寫作。總覺得寫作的人應該看看人間社會，讀讀文學以外的東西，不要貿然踏入中文系。聯考放榜後，我興致高昂地向法律系報到。大一還算新鮮有趣，大二的氛圍卻彷彿直升國考補習班，身邊的人都不太在意國考以外的事。我們的行政法教授是國考出題委員。定員百餘人的教室，總不知道擠了多少人。滿座是當然的，眼睛可見的地方，包括桌椅旁、黑板前，就連教室外的走道都是自由席。正因一位難求，用物品佔位是常有的事。某天中午，我吃完飯提早到教室，看到某張長桌貼了一排黃色便利貼，寫司法系某某人佔位。我雖然沒有很想上課，但看了不開心，索性把桌上的便利貼全部撕掉，大剌剌喇喇坐下。不久後有人來了，說這是他們的位子。我說沒有人用便利貼佔位的啦，沒水準，要聽課就早點來。對方激憤到說不出話，只一再重複你怎麼可以把我的便利貼撕掉，甚至大聲主張所有物返還請求權。「所有物返還請求權？」我笑了，掏出一團黃色紙球說：「好，所有物還你。」

我這種個性能順利活到畢業，想想真是不可思議。後來某次上課我睡著了，醒來後，我惺忪地望著講台上口沫橫飛、不時講到岔氣的教授，以及前後左右認真筆記的同學，忽然感到一陣荒謬。他們是誰？我在這裡做什麼？我陷入長長地思索。法律的工作也許不是做不來，但我往後的人生要待在這裡嗎？如果有一件事是無論如何也不想放棄的，甚至是想用一輩子追求的，那會是什麼？我抱著這些問題，如常地到學校上課、點名、考試——當然也不時蹺課。然而我也不打算轉系。一來不想準備考試，程序麻煩；二來法律系的必修課已完成大半，沒有必要重來。再說這裡也沒有我真正想念的系值得我跳。反觀法律系人多勢眾，關係疏離，不常點名，且作業與報告稀少，我只要再通過幾個期末考就可以順利畢業。決定好戰略後，大三及大四我採取低度參與、靈肉分離的方式寄生於此，玩社團、逛書店、參加詩歌節，用無法連網的電腦徹夜寫作，在詩刊發表作品。儘管校園很小，外面的世界卻很大。我逐漸理解媽當初為何極力建議我志願只填台北。「離開家到遠一點的地方去吧，別一輩子留在台南。」她說。她也是台南人。她的大學時期，也在台北度過。

在宿舍、在法律系，似乎不太有人知道我在做什麼，我也享受這種不被知曉的快樂。大二結束的暑假，聽聞詩人陳大為即將到中文系任教，開設現代詩課程，便動念前往旁聽。其實我不太認識這位詩人，只知道他來自馬來西亞。但畢竟我沒正式上過現代詩的課，一向都是自行摸索、囫圇吞棗，無論如何得去一次。我查了課表，課開在週四的早上十點，教室在遠得要命的三峽校區，早上八點也是他開的台灣文學專題。我想，既然都要去了，不如兩門課一起聽比較不浪費。新學期開始了。其他的課我幾乎擺爛，只有每週四，我會在清晨五點四十五分準時起床，一個人刷牙、洗臉，出門吃早餐，在七點前抵達校本部正門，搭每小時一班的接駁校車前往當時荒涼無比的三峽校區。開學第一堂課，大為師用帶有廣東口音的國語點名。十幾位同學都點過了，他轉過來看著我說：「那你是誰？」我說：「法律系來旁聽的。」他說好，給我一個意味不明的笑容，「但所有的作業要求，你都得比照辦理。」我說沒問題，請務必讓我旁聽。

於是我展開了為期兩年的清晨祕密行動。我在整棟宿舍都還沒醒來的時候悄悄出發，然後在下午第一堂課的鐘聲響起之前回到校本部，摸進大教室的倒數幾排打瞌睡補眠，或是讀小說等著老師點名。入冬之後，我的行動更像是一個謎。天很晚才亮，起床時我不能開燈，因為所有的人都還在睡，只能摸黑出門，在晦暗朦朧的天色中發動摩托車。我的詩進展有限，卻在順便旁聽的課偷學了論文寫作。當時還不懂什麼問題意識、研究方法，只知道引註與格式一定要確實。不過大為師要求：「你引一行的詩，必須產出十行的詮釋。」這句話至今我仍嚴格奉行。那一陣子，我從圖書館抱了一疊又一疊的文學書回宿舍讀，然後打開無法連網的電腦，一個人專注地土法煉鋼了起來。那個學期我寫了兩篇論文，比正式修課的中文系學生自主多繳一篇。論文品質暫且不論，但我發現我似乎很坐得住，且一比十的文本解壓縮之術，讓我感到創作外的另一種快樂。兩年後的初夏，系辦貼出大紅榜單，慶賀錄取法律研究所的同學們。只有我一人考上台灣文學研究所，同列於大家之後。

如果當初那台電腦可以連網，我的人生可能就不是這樣了吧。

但那台電腦後來怎麼了呢？我不太有印象。依當時家裡的經濟狀況判斷，應該沒有餘力新買一台才是，大概一起帶到了研究所吧。但奇怪的是，除了大學階段，我就沒有電腦不能連網的記憶了。莫非它一離開宿舍，就恢復了連線能力？那麼它當初又是被什麼封印？是文學之神嗎？或單純只是技術問題？如果這樣的記憶正確無誤，那麼這一台電腦，似乎也就是三年後我用來完成碩士論文的那一台。甚至服役期間我帶到勤務宿舍的電腦也極有可能是它——在無聊冗長的備勤時間，我用它寫下了第一本詩集裡的半數詩作，也在退役之際，終於拿了幾個夢寐以求的文學獎。

文學之神啊——如果真的是祢，祢為什麼要這樣封印我的電腦，試鍊我呢？

祢又希望我用什麼來回報祢？

與老媽的一些記憶，以及我的文學史前史

若講起小時候印象最深的閱讀經驗，一定是這兩本書沒錯。一本是吉爾格（Jim Kjelgaard）的《鹿頭山》（*Wild Trek*），另一本則是特萊維絲（P. L. Travers）的《風吹來的保母》（*Mary Poppins*）。兩本都是一九八八年國語日報社出版的注音中譯本。《鹿頭山》寫實而生動地刻畫獵人林克與愛犬吉利深入山區、救難求生的冒險故事，讓我愛不釋手。幾乎上國中前的每個夏天，都會用去整個下午，趴在客廳的長椅津津有味地複習一遍。《風吹來的保母》不知為何就是讀不懂。怎麼有人撐著傘乘風而來？為什麼牛會不停跳舞甚至跳過月亮？我跟老媽說這個故事好怪。她說也許太難了。小時候的我有些好強，又嘗試讀了幾次，但始終

無法進入故事中那個充滿想像力的奇幻空間，初次體驗了閱讀的挫敗。這樣的我，怎麼會在長大之後跑去研究什麼日本時代台灣的超現實主義？想想也真是不可思議。

不過小時候的我，說實在也不是什麼文學少年。比起文學，我更喜歡畫圖、打棒球，或是利用下課時間和朋友抓蟲抓蚯蚓、到操場挖掘幻想中的「恐龍化石」。倒是從小就與文字有特別的親近感。聽老媽說，我在上幼稚園前就認得很多字了。她沒有特別教，但我坐她的摩托車，很愛看街上的招牌，總是好奇地問：這是什麼店？那個字怎麼念？然後把聲音和形狀記在心裡。老媽騎車不是普通的慢，慢到排氣管老是堵塞，沿途留下一堆黑煙白煙，必須定期請機車行老闆催一下才會通。如果她騎車速度快一點，我想我大概要再晚幾年才會識字。

準備上小學時，老媽開始不定期接一些腰帶扣環、飾品組裝之類的家庭代工回家做。每隔一陣子，客廳會出現一批新的零件物料，讓我放學回家都有點期待。真正安定下來的是做打字。她把笨重的鐵製打字機、兩個大大的字盤搬進權作我房間的二樓空間（之前還曾用這裡晾衣服、陰乾烏魚子）。雖然有點吵，但睡覺時知道老媽也在一旁工作，就覺得安心。交件前的晚上，我就聽著她敲鉛字的錯落節奏恍惚入睡。

《鹿頭山》與《風吹來的保母》，差不多就是在那個時候買的。當時家中訂閱《國語日報》，老媽從上頭看到書訊（也許是什麼兒童優良讀物推薦），就向報社劃撥郵購。

除了郵購，老媽也會帶我去書局。如果加上妹妹，就需要跑業務的老爸用公司主任的裕隆轎車接送。書局行程通常在週日的下午。早上我們先去民族路、公園路的遠東百貨玩耍，再找個地方午餐。令人懷念的溫蒂漢堡與三一冰淇淋，是當時最期待的選項。填飽肚子後，老爸載我們三人到北門路的南台書局下車，一小時後再回來接我們（他不太看書。據說大學畢業時把所有的書都賣了，只留一本彼得．杜拉克的《管理》〔*Management*〕）。記得南台書局有地面兩層及地下室。依據小孩的認知，一、二樓是大人的書，地下室才是我們的書。我帶著妹妹到地下室，留老媽自己在樓上逛。算是各取所需，也暫時彼此放生。

當時家裡的經濟雖不算寬裕，但只要是買書，爸媽從來沒有吝嗇過，也不設限什麼能買、什麼不行。每次到書局，我與妹妹就可以各挑一本喜歡的書。難以決斷的時候，雖然是小孩子，偶爾也可以不做選擇全都要。記得我在書局地下室買了不少東方出版社的世界文學譯本，例如《湯姆歷險記》（*The Adventures of Tom Sawyer*）、《魯賓遜漂流記》（*Robinson Crusoe*）、《亞森．羅蘋》（*Arsène Lupin*）等，這些書我也反覆讀了幾次。但最愛的還是《動物圖鑑》、《恐龍圖鑑》、《奇幻生物圖鑑》一類的書（說也奇怪，《奇幻生物圖鑑》裡所謂的「生物」明明都超獵奇，吃飯前讀還會莫名胃痛，不合理的程度絕對不下《風吹來的保母》，我卻很能夠接受)，妹妹則是買繪本。老媽買什麼呢？好像多半是食譜或生活小智慧之類的實用書。老媽在樓上買好書後，就會走下地下室問我們選好了嗎？然後帶我們到櫃台結帳。我永遠記得胸前抱著包有淺綠色「南台書局」書衣的新書，三人一起走上樓梯等老爸來接的滿足感。

南台書局旁邊兩、三間處，還有南一書局。南一書局人總是很多，且裡面的書看起來很難，小時候的我不愛去。過了青年路，北門路上還有賣舊書的成功、北門書局；賣漫畫、輕小說、還有火辣寫真集的展華書局；靠近火車站則有賣外文書的敦煌書局。畢竟北門路也曾經是台南的書店街啊！但除了南台，其他都是國高中之後才逐漸踏足的書店。

後來台南也有了大型書店誠品、金石堂。我高中進校刊社、有志於文學後讀的詩集、小說，多半在長榮路、府前路的誠品，或是北門路的舊書店買的。

我在誠品買了書林版《新世代詩人精選集》，校刊社學長W則是從舊書店弄了一本帶有水漬與皺褶的《八十年代詩選》，畢業時留下來給我。它們都打開了我最初的文學視野。

不過，這麼多書店，最讓我懷念的還是南台書局。離家北上讀大學，回台南時，我還是會到南台繞繞。但是幾年之間眼看著它的店面從兩樓變一樓，後來幾乎頂讓給運動鞋店（還是唱片行？），只剩下一間小小的地下室，最終消失不見，還是讓人感到不勝唏噓。

到了台北之後，才是我真正大量買書、閱讀，接近文學的時期。雖然讀的是法律系，但學籍反倒像是掛在文藝社與校刊社。某次行政法課睡著（但哪次不睡著？），驚醒後環顧四周，忽然感到一陣荒謬：為什麼我會在這裡？我的人生出了什麼錯誤？大三時，我決定做些改變。每個週四，我搭乘清晨出發的校車往返民生校區與三峽，到中文系旁聽現代詩，並意外發現我喜歡寫論文的事實。從後見之明來看，那次從行政法課驚醒，幾乎可謂天啟——雖然那讓我掉進了另一個也許更辛苦、必須耗費更漫長的時間，才能勉強證明它似乎可行的文學與學術之夢。當我打算在法律系畢業後往文學之路前進、而遭到老爸質疑時，老媽來到我的房間，輕輕關上門對我說：只要是做自己喜歡的事，她都支持。

說來老媽也是相當浪漫的人呢。只是她往往把必須實際的那一面留給自己，讓孩子可以享有更多天馬行空的任性。又或者，其實她才是最實際的人。她並不把過多的期望不切實際地強加於我們，而是讓我們隨著秉性，自由生長。她只需要適度地施肥、澆水。喜歡畫圖，就給你紙、筆與顏料；喜歡閱讀，就讓你自由買書；喜歡寫論文？好吧，你就好好去寫吧。雖然，她一直希望我能早點畢業。

當然她給予的支持，也不是只有施肥和澆水。在部落格時代，她會不時上網看我有沒有新作。退役後在家準備博士班入學考試的近一年，作品寫好也會印出來讓她第一個閱讀。有一次她還讀到痛哭流涕。問她哭什麼？她也說不出所以然。二〇一一年出版第一本詩集《孔雀獸》時，因為太忙，好一陣沒回家，她說忙沒關係，那麼我北上找你。在公館的韓國料理店，她拿到詩集開心地當場翻閱。對於一個寫作者而言，有人閱讀，就是最溫暖的陽光。

回頭想想，也許老媽也是喜歡文學的人吧。當然她讀我的作品，可能純粹因為是她兒子寫的。但每次回台南，老媽的床頭、或一樓電視櫃旁，總是擺著一、兩本她最近在讀的文學書。那些文學書，都是我北上這十多年間搬遷寄送，最終留在家裡的。我回到家裡，發現她正在讀從我書架抽出的川端康成的《千羽鶴》（せんばづる）、或圖森（Jean-Philippe Toussaint）的《浴室》（*La Salle de Bain*），心裡有種說不出的新鮮，以及意外發現同好的興奮感。她也會上網讀些台灣文學的消息，與我討論。從她口中聽見劉吶鷗、葉石濤，也讓我覺得有趣。這麼說來，小時候她買《鹿頭山》或《風吹來的保母》給我讀，似乎也就一點也不奇怪了。雖然她大學讀的是韓文系，且做過的工作都跟文學沒有太大關係；但也許對文學的喜好曾經悄悄萌芽，只是在母親身分及生活種種的現實壓力底下，逐漸隱而不顯了。

前些日子，我在任教學校的圖書館，借到同樣版本的兩本書。在架上見到它們，有種重遇故友的激動。相隔三十年，《鹿頭山》仍然相當好看，讀來還是像小時候一樣津津有味，真的很不可思議，甚至還可以發現當年無法察覺的細節與深意。就這層意義來說，也許比當初更好看也說不定。《風吹來的保母》還是有種熟悉而令人懷念的尷尬之感。對於一個如今在學院裡教授文學、且再三跟學生強調文本分析之重要的我來說，大概已經不是什麼太難的問題，總歸是頻率不對(另外我覺得對話的譯筆過於翻譯腔，可能也要負點責任)。但重新讀它，倒是有一處讓我相當動容。書中撐著傘、乘東風而至的保母瑪莉·包萍，儘管看起來優雅從容、自由穿梭現實與超現實的世界，且絕不討好人，只依自己的個性原則行事；但在這樣高冷的表象底下，她似乎懷有很多祕密：「沒有人知道她的感覺如何，因為她從來不對任何人講任何事。」孩子們儘管有些畏懼她，但也喜歡她，深怕她剛來不久就要離開。面對孩子們的探問，包萍深吸了一口氣，只簡短地說：「我要待到風轉向的時候。」

書的最後一章，春天來了。雖然一切看似如常，但風信雞轉動，孩子們懂得那是西風的信號。包萍準備好晚餐，將屋裡的東西收拾整齊，說要出門一下，叫小孩要乖。下一刻，風聲大作，穿戴整齊的包萍便在門外撐開她的傘，讓依約而來的西風輕輕將她帶起。「她的腳輕輕滑過花園中的小徑，然後她飛高，飄過前門和巷中櫻樹的樹梢。」離開前，她把羅盤送給了小男孩，並把嵌有她畫像的鏡框，藏在小女孩的枕頭底下。小孩們儘管不捨，但已學會接受、並理解包萍在信裡留下的最後一個字「au revoir」意味「再見／直至重逢」，也能夠互相照顧，就像包萍曾經為他們做的那樣。

老媽離開也已經六年了。離開的前兩天，她也如常地做了晚餐，將屋裡的東西收拾整齊。只是遲鈍的我們並沒有察覺西風的信號。當我重新閱讀這本三十年前她為我挑選的《風吹來的保母》，彷彿也與失落許久的兒時記憶重逢。我沒有機會問她當初為什麼挑了這本書給我。也許沒有太特殊的理由，畢竟只是憑書名想像，沒有真正讀過。但我想，作為一個母親，大概會暗自希望能有個保母從天而降，接管這些煩人的小鬼一陣子吧——也許這是所有母親心裡的祕密。只是對我們來說，她並不是故事裡那個總是煩躁、歇斯底里的母親班太太，毋寧就是擁有神奇魔法、讓一切恢復秩序的瑪莉．包萍本身。她常常在幫我們解決難題後說：「我是魔法老媽！」不過老媽並不像包萍那樣高冷，對時髦摩登的服飾配件也沒有太多興趣，撐傘乘風瀟灑來去，更不會是她的風格。

對著書桌，我想像老媽正以無比緩慢的速度，騎著她的摩托車，載著漸入中年的我，行經我們一起走過的風景、巷弄。並以她曾教我識得的文字，以及給我的自由與養分，一點一點寫下這些記憶。

明亮的谷地

於是我們臨時起意，買票上車。穿過一個或兩個山洞，初次踏上幾站之外宛若天空之島的高架月台。

記憶中除了我們，沒有其他人在這個小站下車。

電車關上了門，慢慢駛離。留下我們興奮地張望，在完整的視野與寧靜之中。

來時的山洞，凝縮成軌道終端一個小小的黑點。山也退得很遠。河流到了下游，行經鉛色的鐵橋，再緩緩流向滿布卵石的氾濫平原。堤防以南，是一大片翠綠水田的綿延。幾處磚屋矮房點綴其中，間或縱橫著不甚筆直的柏油小路，與銀線般的水渠。

望得再遠一些，是四月的陽光無法完全穿透的氤氳水氣。我牽著媽，一階一階步下站體，來到這個總在半夢之際乍見、卻不曾真正造訪的明亮谷地。

到舊山線看看好嗎？

媽說好。

稍微確認了方向，我們便跨出車站的蔭影，緩步行進。

婚後三十幾年，媽不常在特定的年節假日回家。這次說要來看阿公，也是趁著清明給阿嬤上香。我從台北搭車南下，與北上的她會合。小時候回阿嬤家，都是搭火車。媽總把妹妹放自己腿上，再收起踏腳架，讓裝滿三天份衣物的旅行袋作為我的沙發。我微仰著頭，眺望窗外的雲、風景及電線桿加速度離去。當興奮感消散，身體便隨著重複而又錯落的敲打樂節奏，在夢的羊水中浮浮沉沉，搖晃擺動。

我幾乎總在過山洞前甦醒過來。

車過豐原，再穿過幾個長短不一的山洞，就是外婆家了。我曾試著數它，但每次的數量都不太一致。好像是八、九個，也有印象是十二、三個。當然可能因為瞌睡而錯過了一、兩個，或者我並不真正記得上一次數的是多少。只是不知什麼時候開始，我腦中有一個強烈的印象：穿過最長的那個隧道之後，就是一個開闊的谷地，翠綠、明亮，水氣充盈。雖然只有幾秒鐘時間，卻彷彿進入不可思議的神祕空間。宛若新生的雛鳥，第一次睜開牠的眼睛。

那一天媽的心情好像很好。鮮少生病的她，幾個月前突然住進了醫院。春末的氣候寒暖不定，但那一日的暖陽，護著媽初癒的身體，也仔細地將我們的影子描拓在田畝間的柏油小路，成色均勻、鮮明。沿途她給我指認路旁的各種植物，說了許多童年往事。黃昏之前，在一條彎曲小徑的盡頭，我們順利找到廢棄許久的舊山線鐵道，以及簡潔小巧的混凝土車站寫著「泰安」。站旁的紅花開得很美。我留下了照片，但沒有問媽那是什麼花。

七年之間，臉書的動態總定期喚我回顧那一日的紅花與暖陽，以及母親節前後的種種。媽卻偶爾才來到我的夢裡。現身的時候，大多只是如常地存在、陪伴，好像沒有要特別交代什麼，醒來也不會教人惆悵。夢中的細節，多隨著刷牙洗臉逐漸消散。換上衣服後，我便專心投入每一天的生活。

媽離開後，我便不曾再到過那裡。但仍不時想念半夢乍見的明亮谷地，以及那一次臨時起意，我們的最後一次旅行。

家常料理

我討厭洗碗，卻很喜歡做菜。對我來說，做菜就像玩耍一樣。

可能因為從來沒有正經跟老媽學做菜吧，所以不太有食材搭配的固定概念，或料理煮食的邏輯步驟。我第一次做菜已經三十多歲了。當時正在東京做短期研究，寄居學人宿舍。雖是個人套房，廚房設備卻一應俱全，附有兩口ＩＨ電磁爐、小流理台，還有冰箱烤箱微波爐及工具若干。巷口有野菜店，過馬路就是超市。因為從沒做過菜，初到的幾天都吃連鎖食堂，或到超市買冷冷的便當。然而看著架上琳琅滿目的國產牛豬、魚介、蔬果、加工品或方便的調味料，又想到這些台灣賣得超貴，我很難不興起自煮的念頭，什麼都想丟進籃子回家試試看。某道菜媽是怎麼做的呢？說實在我不知道。雖然不至於像沒見過豬走路、或以為蝦就是蝦仁形態的小孩一樣無知，但「食材」如何變身成為「菜餚」，我就一點線索也沒有了。小時候跟媽去菜市場只是愛哭愛綴路（ài khàu ài tuè-lōo），順便揩油買零食吃，從沒用心觀察；何況台日食材不同，台灣有的這裡沒有，只能憑藉直覺想像來拼湊搭配。起初是抱著實驗的心情買，像畫圖的調色；或是以感興趣的食材為起點自由聯想，像玩詞語接龍，到家才發現缺這缺那的。幾次之後，逐漸把常備品買齊，也比較能從「做料理」的角度思考。

記得第一次動手做的料理，是牛肉壽喜燒。因為不需要技術，且完全就是食材的組合。只要將壽喜燒醬拌洋蔥煮沸，把肉片丟進去涮沾蛋汁配飯就是了。料理初體驗當然是成功了，但我買菜不看標示，誤把韭菜當成蔥，被媽笑了一陣子。

幾個月下來，除了丟進鍋裡有熟就好的壽喜燒、什錦鍋，我也逐漸開發出各種菜色：炒飯、咖哩飯、燒肉丼、炊飯、蔥爆雞腿肉、泡菜炒豬肉、乾煎蝦仁、炒蛋、溏心蛋、燉牛筋，最後還做出了炸雞翅。雖然不是技術含量很高的料理，但就我的程度來說已是突飛猛進了。我做了菜就拍照連接Wi-Fi傳給媽看，讓在台灣的她安心。媽笑說：我都忘記你到底是去做研究還是做料理。她也訝異我會根據傳單的折扣擬定每天的採買計畫，因為這是她平常會做的事。我跟媽說：回台灣後換我煮給妳吃！她說好啊期待。照片發到臉書上，有人留言：怎麼你做的好像都是居酒屋料理？對耶，我自己都沒發現。不過其實我也不常配酒享用，完全只是因為想吃什麼就做來吃——當然啦，在有限的資金與技術條件內。但更內在的原因可能是單身生活吧：我一個人住，一個人吃，一個人收拾，居酒屋料理最方便了，份量也能自由調整。

這樣的自煮生活，離開東京便告一段落。也許是剛過農曆年，房子不那麼好找，幸虧學妹傳來住處樓下的招租公告，我又再次落腳永和，為博士論文做準備。我與學妹的房型大致相同，但分屬不同房東。她的房間配備有小流理台，我的則是有全身鏡的更衣室。學妹大叫說羡慕。但我也羡慕她，要是可以交換就好了。

套房沒有條件開伙，只好延續從前的外食生活。「真枉費了我一身好武藝啊。」我開玩笑地向媽報告。媽說：「既然這樣，要記得多吃青菜。」

只是我還來不及做菜給媽吃，她就過世了。因為突如其來的急症。

媽過世第二天，爸、妹與我三人在廚房手忙腳亂。爸說，冰箱裡還有媽前天做的菜，拿出來熱一熱吧。我與妹妹打開冰箱。有吃掉一角的煎土魠、半盤花枝炒白花椰，媽都用保鮮膜包起來。兩道菜大概不夠，所以爸做了煎蛋。那是媽還在時他唯一會做的料理。我與妹妹把土魠丟進大大的中華炒鍋回煎，切蒜頭炒了一盤空心菜。最後，把媽做的花枝炒白花椰推進微波爐，看著它在方形空間中獨自旋轉。

我們把菜餚端上餐桌，也擺上媽的碗筷。

我們像平常那樣配電視吃晚餐。爸的煎蛋生意最好，雖然煎得有點焦。煎蛋吃完後，我們嚼空心菜配飯。煎土魠與花枝炒白花椰則被有意無意略過。大家有點不知道該怎麼動筷子。快吃吧，爸說，這是你媽前天晚上做的。

想到媽過世的前一天還做了晚餐，就覺得現在經歷的一切毫無真實感。

我們遲疑地把筷子伸向那兩道菜。雖是極為平淡的家常菜，但這樣的家庭日常，卻也是最後一次了。每吃一口，它就減少一口。不可逆的。儘管噙著淚，我們也必須珍惜地、一點不剩地把它吃完，宛若告別的儀式。

那一陣子，我們天天早起。白天到殯儀館完成日課，然後讓爸開車帶著我們外食，一攤又一攤重溫與媽的記憶。我們也到媽常去的崇德市場買食材回家自煮。這座市場爸幾乎不曾來過，我與妹妹小時候常來，長大返鄉則偶爾來，我不確定賣魚賣肉的阿伯阿姨會不會認得我們。經過某些熟悉的攤位，我刻意迴過臉，就怕他們問起：放假回來啦？怎麼不是跟你媽一起來？

回到家，我們留下即刻要用的食材，其餘則放入冰箱。我雖歷經幾個月的東京自煮生活，但居酒屋料理畢竟不適合家庭日常，無法比照辦理。爸、妹都是料理新手。媽的料理儘管家常，三個臭皮匠卻復刻不來，只能做到最基本的加熱調味。爸愛吃魚，我們買了鯡鰮加薑絲煮湯。妹妹要吃青菜，就丟些冷凍庫找到的蝦米進去炒。我想吃蛋，但希望有點變化，就混入味醂與煉乳下去煎。妹妹叫我不要亂加啦，我不顧勸阻說保證好吃。貓高踞冰箱，冷眼看我們在廚房亂搞。媽在天之靈看到我們這樣，不知會感到欣慰或是焦急？

經過短暫的自煮練習，三人團隊儘管仍須磨合，但已逐漸成形。我們也必須以媽不在的型態，回到各自的生活。告別式後，妹妹回到三重婆家，銷假上班。我回到永和套房獨自面對博論。爸則與貓相伴，展開每天上菜市場或超市的自煮新生活。現在的他不僅魚、蛋煎得漂亮，炒菜熬湯煮麵也難不倒他。

獨居套房讓我一度回春的廚藝再次荒廢。撇除沒有廚房不說，博論寫作期間也沒有心思煮飯。要嘛三餐不定時、小七全家隨便吃，要嘛完成進度出門找朋友大吃一頓慶祝。直到畢業後一、兩年，才有再次實踐廚藝的機會。某次隨當時仍是女友的欣回中壢家，欣媽說：「聽說你會煮菜？煮幾道給我們見識一下啊。」我雖然不太有自信，且欣家廚房只有我很罕得用的中華炒鍋，但關鍵時刻不能給人家看衰潲（khuànn-sue-siâu），只能硬著頭皮上了。欣媽聽說我愛吃海鮮，準備了蝦與蚵，我在腦中稍微思考一下，又擅自打開冰箱取了鹹蛋、牛奶、柳橙來用。欣納悶我拿這些東西做什麼，我嘿嘿笑了兩聲，把油熱了，加入鹹蛋黃攪拌至起泡再丟蝦仁爆炒。把蚵仔丟進混有鹹蛋黃、牛奶、辛香料的醬汁中收乾灑蔥花。把開背的帶殼蝦加麻油淋柳橙汁加米酒拌九層塔翻炒。欣看傻了說天啊真的會煮，感嘆自己的地位似乎從二廚變成打雜的了。欣媽笑說這到底哪一派的料理？我說大概是自由派吧，手邊有什麼就用什麼。料理完成後，我把自己貢獻的三道菜，連同欣媽準備的滷牛肉、三杯雞、炒芥蘭、黃金泡菜一起端上桌。欣爸下樓，見滿桌的菜很開心，立即提酒來助興。哎啊，我做菜的型態，不知不覺間從居酒屋轉型成為熱炒店料理了。

交往三年後，我與欣決定結婚，搬出套房，租了一層有廚房的空間作為我們的新居。不久，全台進入疫情警戒，我們不得不正式進入徹底的自煮生活。不知是什麼樣的心理機制使然，我與欣都有些抗拒外送平台、與外送員打交道，至今仍然一次外送也沒叫過。我們戴好口罩、護目鏡，幾天一次到超市採買。起初還上網看YouTuber做菜或查找食譜，有了一些經驗後索性放手做。欣也在臉書開了一個「家庭餐桌」的相簿，有煮食就上傳。事後回顧，有些訝異三年來我們竟然做過這麼多的料理：主食類有各式蛋炒飯（豬、牛、羊、烏魚子）、雞肉親子丼、咖哩蛋包飯、火燒蝦仁飯、各式鹹粥（皮蛋瘦肉、海鮮、綠花椰）、各式炊飯（蛤蠣、銀杏、烏骨雞）、肝腸煲仔飯、香菇肉絲炒麵、海鮮義大利麵、沙茶鍋燒意麵、炒米粉、麻油麵線，配菜類有干貝（或蝦仁）炒蛋、茶碗蒸、蛋沙拉、三色蛋、胡椒劍蝦、金沙海鮮豆腐、麻婆豆腐、破布子蒸扁鱈、蛤蠣絲瓜、蔥爆牛肉、蠔油香菇炒牛肉、大白菜炒五花肉、九層塔炒海鮮、煎虱目魚肚或土魠、煎牛小排、燉三層肉、紅燒獅子頭、黃瓜炒香腸、蒜炒地瓜葉、蝦米（或培根）炒高麗菜、烤櫛瓜、涼拌秋葵與玉米筍；湯類則有蒜頭金針烏骨雞湯、蛤蜊火腿大香菇雞湯、番茄豆腐湯、什錦火鍋湯等……讀到這裡，你一定覺得煩了。看著臉書相簿，我忍不住想：如果媽天上有知，她肯定會嚇一跳吧。不知為何，我近乎狂熱地一次把做料理的技能點數用力點滿。也是在這三年，我發現自己原來這麼喜歡買碗盤，將熱呼呼的料理裝盛在有些厚度的碗盤端到餐桌上，分享給對方，讓我覺得這是一個家。儘管如此，我還是像以前一樣不喜歡洗碗，常常一擺就隔夜了。這讓欣相當在意，覺得我成了家還是半吊子，事情只做一半。

回顧這幾年做過的料理，似乎可以理出一條軌跡：先從一個人獨享的居酒屋料理，往讓一群人歡騰的熱炒店料理前進；與欣成家、有了自己的廚房與餐桌後，在新婚的心情下，不時煮一些用料澎湃、具表演性的宴客料理，像某種成家的儀式。一起生活久了，才慢慢化繁為簡，讓料理回歸兩個人的家常菜。

有一次欣問我以前媽常做什麼料理？我竟一時語塞，回想不起來。「因為每天煮、每天吃，不會特別留下什麼深刻的印象，當然也不會想要拍照或是記錄啊。」我窘迫地解釋，並嘗試岔題：記得小時候，我常在媽從書局買回來的食譜上畫畫。當時最喜歡畫的是螃蟹，雖然那時吃螃蟹的經驗少之又少，應該只是被高舉的大螯、堅硬的甲殼與紅咚咚的顏色吸引。記得媽也會把報紙上的食譜剪下來，貼在有線圈的筆記本裡。如果記憶正確，那麼這些料理也許不是一開始就是以「家常料理」的形態存在的吧，而是媽一道道學習、嘗試做的新菜。

放在現在的時空，都值得拍照上傳。她把第一次做的料理端上桌，觀察家人的反應：若大受好評、至少不排斥，才再做第二次、第三次，然後依家人喜好、或當天能買到的食材調整替換，並一再重複，逐漸成為平凡得不再需要命名、卻維繫著一個家的餐桌幾十年的家常料理。如此與欣聊著，忽然喚醒我一些料理的味道：清淡鮮美的白花椰鹹粥、服役收假前下重本的海鮮沙茶鍋燒意麵、甘甜的醬瓜（或金針）香菇雞湯、鋪有豆豉薑絲的清蒸白鯧、打開便當盒最喜歡的番茄醬蛋炒飯（有時會加炸可樂餅）、某天媽從電視學來的可樂雞（我們還可以藉機喝沒用完的可樂）、聯考階段暖身暖心的十全大補湯燉雞腿、充滿海味的炸火燒蝦排、改變形態以誘使我們吃下的番茄炒蛋與金瓜炒米粉……欣提議：欸，要不要來做個老媽料理復刻計畫？

趁過年返鄉，我們到市場買火燒蝦準備做炸蝦排。僅憑小時候的味覺記憶回推製程，竟然一次成功。口感、味道八九不離十，試吃時都快流淚了。我興奮地拍照傳給爸。不過爸說，他記得媽以前用的是白蝦，因為白蝦比較便宜。我說是火燒蝦啦，白蝦沒有海味。妹妹說她不記得是用哪一種蝦，總之炸得酥酥的沾番茄醬很好吃。究竟是白蝦還是火燒蝦，如今已無從追問起，但或許媽用的從來都不是同一種蝦。畢竟做菜不是做生意。菜市場有什麼就買什麼，在美味、營養與生活成本間維持平衡，大家吃得開心，就是家常的一部分。

隨著疫情趨緩，需要在外頭奔忙的工作大幅增加，自煮外食的懸殊比例也逆轉傾斜。我們仍偶爾煮食，但已少把重心放在開發菜色，多是簡單炒燙的日常重複。有時心血來潮，一同到超市採買食材，也是為了在忙碌的生活中仍能保有無須預約、不受時段或用餐時間限制，也不被打擾的家庭餐桌時光。疫情期間開發的菜單，加上媽留下來給我的味覺基礎與料理想像，也許已足夠成為讓我與欣牽手走一輩子的新家常。

鍋

去年冬天，我訂了兩組生凍帝王蟹空投台南老家。除夕夜拆了一組，丟進火鍋噗滋噗滋。欣說紅紅的好看，爸說沒想像中好吃，於是另一組就這樣繼續擱在冷凍庫裡。

在我家，除夕夜就等於火鍋。但阿嬤在世時，鍋的存在似乎沒那麼強烈。通常中午過後，阿嬤就帶著媽準備年菜。香腸烏魚子切盤是基本。煎白鯧、開陽白菜、紅燒海參也是定番。接近傍晚，姑姑伯伯陸續回來。若塞在路上，年夜飯就進入加時狀態。阿嬤走後，親戚間靠電話聯繫。年菜逐漸精簡，最終只留下鍋。鍋其實平常也吃。我與妹妹長年在外讀書，回家團聚，晚餐必定是鍋。如果鍋等於團聚，那麼除夕夜就更必須非得是鍋了。

媽走後，妹妹與我各自成家，爸在台南與貓相伴，唯除夕夜還是年年吃鍋。爸愛嚐鮮，每年都弄來不同的湯：黃金海膽、胡椒豬肚、薑母鴨、酸菜白肉都曾上桌。有一回他異想天開，跟魚丸店要了一袋清湯當底，搞得年夜飯像在吃台南早餐。

今年的鍋會是什麼口味？凍了一年的帝王蟹還能吃嗎？我不確定，也並不真的在意。即便年年滋味不同，只要圍繞著鍋，就可以好好過年。

食蟹

洗過臉，我決定本日行程，把毛巾掛回架上。

我是在前天傍晚遇見牠的。離開學校前雖已用過會議的誤餐便當，卻隱約有個念頭讓我把車擱在巷口的日本料理店前，想外帶些生魚片解饞。結帳時老闆說：「今天有進一隻青蟳，明天來吃？」他將撈網伸進玻璃水箱，隨即發出激烈水聲。「你看，大隻的。」

唔。確實雄壯威武，猶如一台坦克。

「但我明天有課。」我猶豫。「牠活得到後天嗎？」

「可以。如果你要。」

第二天我早出晚歸。中午參加新生座談會，下午到晚上又講了七個小時的課。回到家癱坐在沙發上看電視，總覺得還有什麼待辦事項想不起來。

「哦對了，我有隻蟹寄在店裡。」我對欣說：「明天一起吃？」

「沒關係你吃，」她說：「這次准你一個人自肥。」她在準備博士班資格考，不想花太長時間吃飯。

早上起床，趁著刷牙思考了一下本日行程。

今天週四。沒有排課，也沒有學生約咪挺（meeting）。只有下午預定和出版社編輯見面，還有一份文章修訂稿要交。中午或晚上吃呢？蟹這種不常有的珍饈，似乎比較適合工作後慢慢享用。牠那紅咚咚的色澤，也與夜晚料理店的暖光相映成趣。不過這隻蟹已在水箱幽閉了兩個晝夜，再待下去瘦了怎麼辦？老闆總不可能照三餐餵食。

但跟編輯見面前吃這個，會不會太誇張？

我把牙刷扔回漱口杯。轉身取下毛巾，打濕洗臉。

中午或是晚上？唔。怎麼我好像在決定牠的命運？哦不對，牠的命運早已被決定了，我至多只是執行任務的獄卒，不是死神啊。

我只是個愛吃蟹的人而已。哎呀呀。哎呀哎呀。

鱈魚

忽然，鱈魚脫下牠的偶裝，正色說道：「您好，從今天起我叫作大比目魚，請多多指教。」我瞪大了眼睛，遲疑地接下牠的新名片。

我還以為，我們已經認識很久了。

小時候去魚攤，老媽問想吃什麼，我總回答鱈魚。好吃當然是理由。但更重要的是不用挑刺。一戳一挾，就是一大塊細緻飽滿、白泡泡（pêh-phau-phau）的肉，很適合分心看電視咀嚼。雖然不像白帶、皮刀、虱目仔那樣日常，卻也是熟悉不過的餐桌風景。光提到鱈魚兩個字，彷彿就可以聞到混著酒與薑的蒸氣，聽見電鍋蓋難掩興奮的鏗鏘。鱈魚就是鱈魚，不會是其他。路上找個人問，任誰都會說：就是那個嘛！

老媽上市場，偶爾也拎兩條比目魚回來。加入大量蒜頭，以醬油紅燒。有比目魚我就不看電視，因為牠的臉比電視好看。兩隻小圓眼與一對厚唇，拼貼在艬形弧面的一隅，構成一幅立體派畫風、難以判讀的滑稽表情。吃完臉部那面，我常將牠翻過來，半吃半玩，用筷尖輕刮牠單薄的肚子。有一次老媽神祕地說：把牠丟回海裡，吃掉的那一半就會長回來哦。我故作認真地問真的嗎？要不要試試？她笑說丟進海裡就游走啦。我邊吃魚邊想像著牠緩緩下沉、下沉，直至沒有光的洋底。用柔軟的腹部俯貼沙地，在寂靜的黑暗中，把失去的一半慢慢生長回來。

被我們稱為「鱈魚」的「大比目魚」，顧名思義，就是比目魚的放大版吧。

雖然我愛比目魚，但即便是沒見過鱈魚的我，也很難想像牠就是鱈魚本體。

網路發達前，長期支配我對鱈魚想像的唯一憑藉，大概就是鱈魚香絲包裝那頭圓滾滾的、昂揚抖擻與海浪搏鬥的魚吧。儘管它的氣味與口感難以和平常吃的鱈魚聯想在一塊，「鱈魚就是圓滾滾的」印象卻深植心中。

但話說回來，餐桌上的鱈魚切片向來兩頭尖尖，宛若柳葉，我卻從來不覺得奇怪。

帶著種種未經整合的認識論，我也逐漸長大成人、娶妻，然後在中年的某日忽然接過一張新的名片，告訴我牠改名了。這讓我頭痛了一陣子。

仔細想想，鱈魚香絲那頭圓滾滾的魚，好像在哪裡看過。對了，就是日本綜藝「靠巨大黑鮪魚賺大錢」的鮪魚嘛。管他驚濤駭浪，男兒志在四方。但包裝上鰭的形狀似乎和鮪魚不同。後來一查，單面山狀的三重背鰭，正是鱈魚的特徵。

我閉上眼，在不斷翻動的海洋生物的畫面中彷彿看見：有鮪魚身、鱈魚鰭，以及比目魚臉、鱈魚身的兩頭怪獸沿著海流，在浪濤中不期而遇，然後錯身而過。

真正的鱈魚到哪裡去了呢？

如果有一天，我遇見了鱈魚，會不會其實我們從未相識？

以柔軟的腹部俯觸沙地、在黑暗中轉動眼珠的大比目魚啊，你可曾知道：在亞熱帶某座南方島嶼的傳說裡，你是一頭圓滾滾且有著三重背鰭、在浪濤之中昂揚抖擻的北海鱈魚？

初一家庭小旅行

曾經很長一段時間，大概十年左右吧，正月初一我們家的行程就是墾丁小旅行。雖然前一天通常晚睡，但天還沒亮，媽就分批把大家喊醒，好趕在七點前出發。我與妹妹是第一批，因為小孩子總愛拖拖拉拉。等到我們早餐吃得差不多了，媽才要我們上樓叫爸起床。「為什麼爸能多睡三十分鐘？」我們抱怨。媽說爸要開車，讓他多睡一點。記得爸年輕時候有個特殊技能——不是秒睡，這很容易，我也會；而是起床到出門不用十分鐘，且馬上可以清醒開車，就像某些不需要熱身太久的中繼後援投手，手甩一甩，就可以上場投球。

爸的早餐是在路上吃的。停等紅燈時，媽從副駕駛座遞麵包給他，上國道前就吃完了。此時天也差不多都亮了。如果是好天氣，開春第一天的晨光會越過中央山脈，映在我們的左臉，並在行經某些角度路段時燦爛得讓我們睜不開眼。爸翻下遮陽板，在長長的路上，與媽斷斷續續地交談著。若不說話，兩人就靜靜聽著廣播節目主持人的新春饒舌與歌曲連播。我和妹妹坐在後座。儘管睡眠不足，卻也沉浸在過年莫名的亢奮之中。即便過了那麼久，後來我們也不曾再訪墾丁，但我仍清楚記得旅途中某些光芒萬丈的瞬間。

我喜歡出去玩，特別愛靠在窗邊看風景，不過我的意識似乎始終沒有撐過舊高雄市區。再次醒來，已是枋山的海岸了。我半睜著眼，恍惚地瞇視窗外快速掠過的防風林與波的羅列，間或再度落入淺淺的睡眠。等到媽把我從回籠覺中喊醒，我們已經抵達墾丁。感覺似乎睡了很久，但一路暢通，其實才九點多而已。

我們的行程總是從社頂公園開始。倒也不是為了賞蝶、觀海這種雅興，或是深具教育意義的認識熱帶植被、珊瑚礁岩地形。對爸而言，正月初一與家人到生活圈外的大自然走走，呼吸新鮮空氣，順便運動流汗，才是最重要的目的。而墾丁就是台南出發半日遊所能抵達的物理極限。我們沿著步道前進，行經小裂谷、石灰窯、大小峽谷，來到大草原。廣闊的草原望去，就是三面環繞的巴士海峽。回頭翻看相簿，因為年年都來，我在這裡留下不同年分的照片，幾乎可成為一部編年史：有小瓜呆造型粗框眼鏡的國小時期，有戴兄弟象棒球帽的國中時期，也有開始在意起髮型、擺姿勢拍照的高中時期。那時候我還瘦瘦的，無論跆拳道、大隊接力、棒球、籃球樣樣來，十足的運動少年，直到有一次搶籃板嚴重弄傷了左腳踝。照片中的爸，差不多就是我現階段的年紀。四十歲的他還沒開始到體育場練跑，頂著一顆啤酒肚，天天跟客戶應酬。倏忽二、三十年過去，物換星移，我們也互換了體型。

大約十一點，我們離開社頂公園，到墾丁大街午餐。不時推出新玩具的麥當勞是首選。後來大一些了，還是循例吃麥當勞。肯德基、三皇三家似乎也各吃過一次。十二點，遊客湧現，我們便棄守大街，繞過鵝鑾鼻往東，到佳樂水海蝕平台觀浪、吹風，或是折返，至南灣沙灘脫鞋散步，看別人騎水上摩托車。下午一點半，恆春已人滿為患，南下路段也開始堵塞，就是該撤退的時候了。在速度中，我們逆著對向車道綿延數公里的蛇陣揚長而去，一路向北。每次這時候爸都很得意。如果沒有意外的變數，四點左右就到家了。大家解散回各自的房間午睡。睡飽了，再吃遲一些的晚餐。這麼多年下來，幾乎已形成一套標準流程。

正月初一全家的墾丁小旅行，我記不確切是什麼時候開始，什麼時候結束。但從留下的照片及零碎的記憶細節估算，應該至少持續了十年左右。直到某一次，大概是大學階段吧，我跟爸說：「能不能不要每年都去墾丁？」爸有些訝異，「墾丁不好嗎？」我說也不是不好，但不想要每年都一樣。於是在那之後的正月初一，我們同樣一早出發，只是目的地換成了杉林溪、關仔嶺、六龜、旗山、或是柴山。後來也有兩、三年，就近到高雄田寮的月世界。因為沒跑太遠，也就不用像從前那樣早起。月世界是高鹼性的白堊土地形，山脊崎嶇嶙峋，草木難生，如月球表面般廣漠、荒涼。雖然很魔幻，但其實我不太喜歡那裡。正月初一到如此寂寥的地方走春，感覺不是很好。於是爸說：好吧，以後都你決定。

此後每年除夕的年夜飯後，我的任務就是想明天要去哪裡。當然不是所有的提案都能通過。過年期間到處塞，必須經過爸的可行性評估。媽還在時，記得我們去過布袋漁港、蚵仔寮漁港、還有興達港。一來我和爸嗜海鮮，也因為媽那幾年爬階梯常氣喘吁吁，到港邊散步較不費力。布袋、蚵仔寮都是第一次去。倒也不是真的為了烤蚵仔、炸蚵炱（ô-te），那些在台南也吃得到。但全家一起到沒去過的地方走走，總覺得新鮮有趣。

興達港離台南很近，是平日也會去的地方。我們在離港有一段距離的路邊下車，進入木麻黃公園，穿過林投虛掩的小徑，沿著海堤慢慢散步。堤的右側是海，到底左轉就是觀光漁市。視線的盡頭，是霧靄之中的火力發電廠。那次的興達港小旅行其實不在初一，而是初二，我記得很清楚。因為在那之前我到東京做短期研究，必須待到初一返台，才能滿足補助計畫的在留天數。在興達港，我們的目標是剛油炸起鍋的花枝丸、旗魚黑輪，插著竹籤邊走邊吃特別美味。彼時媽的身體有些狀況，醫師叮囑要少吃炸物，於是我們也買了一盒川燙小卷。小卷新鮮，每隻抱卵，竹籤戳進去可以感受到某種飽滿的張力與層次。

準備離開漁市前，在路口巧遇回高雄過年的學妹T與她的阿嬤。我說：才剛跟媽聊到妳，居然就遇到了！阿嬤也是見過的，某次學妹帶阿嬤來聽西川滿研討會，我還吃了阿嬤切的水果。我們沒多聊，簡單互道新年快樂後就分開了。媽害羞，只隔著距離向這邊微笑點頭。當時的我們並不知道，那將是與媽最後一次的正月家庭小旅行。因為是常去的地方，沒特別想到要合影留念。所幸還有學妹與阿嬤的記憶與我們共同見證。也許有感於人生的無常吧，後來我養成了隨手拍照的習慣。

媽過世那年，妹妹出嫁了，初一旅行團的規模縮編，只剩爸與我兩個人。小時候，爸雖然也常在假日帶我們出去玩，但他認為孩子的事就交給媽，他在外頭打拚賺錢，有大事再找他處理。因此長久以來，我與爸的溝通多透過媽的中介。雖然他每天回家，但少有一對一的深度互動。如今媽不在了，妹妹也要初二才會回來，這樣兩人組合的初一小旅行，此生還是首次。如此缺乏迴旋空間的近距離接觸，不光是我，我猜想爸也多少有點焦慮吧。

不過人少顧慮少，我們似乎也解開了某種隱形的拘束器。某年初一睡醒，兩人決定直奔東港華僑市場吃黑鮪魚中腹與白旗魚當早午餐。我們也曾驅車前往口湖沿海地帶，看人養馬蹄蛤、曬烏魚子。本來我們對蠟封烏魚子很感興趣，但是覺得貴，最後什麼也沒買。儘管相處模式仍待磨合、建立，但關於海鮮，我們父子倆擁有高度共識，且具備堅強的意志。在如此明確的共同目的之上，我們年復一年找路、共食，當然也聊天。託海鮮的福，這一段不算短的路程，正好是練習日常對話的好機會。雖然與爸漸漸不尷尬了，坐在副駕駛座，我還是時常想起媽，希望她此刻也跟我們在一起。

幾年後，我結婚了，初一家庭小旅行加入新成員。

欣與我同樣是台灣文學研究出身，但對海鮮的興趣低落。簡單來說，我與爸的交集是海鮮，與欣的交集是文學；而欣與爸之間，唯一明顯的交集似乎就只有我了。因此每次規畫行程想到我是唯一的交會點，就覺得壓力山大。

結婚三年多，我們的初一家庭小旅行畫風一變，從前一個階段的漁港、海邊，變成了屏東下淡水溪鐵橋、美濃小鎮，以及新化老街。而且每一條路線，都暗藏了某種程度的文史踏查行程。我對一九一三年竣工的下淡水溪鐵橋產生興趣，是因為日本時代住在屏東的日本詩人黑木謳子曾留下詩句：「連絡横跨下淡水溪的這偉大的構造」、「鋼筋與鋼筋交錯的bridge」，想親身體驗詩中熱帶情調與機械美相加乘是什麼感受。但提案時，我當然不會跟爸說想去考察什麼黑木謳子的文學地景，而是說，欸，我在網路看到那座鐵橋很美，兩年前重新開放了，要不要一起去看看？到美濃與新化，對我與欣來說，當然是為了平常不那麼容易去的鍾理和紀念館與楊逵文學紀念館，不過提案的名義是想跟爸吃客家粄條、看老街華麗的建築立面。前年在美濃吃完粄條小炒、羊奶、檸檬冰，上車準備離開的時候，我像是突然想到地說：「啊，記得這裡有一個鍾理和紀念館耶！」想要拐爸陪我們一起去。我開啟Google Maps的語音導航，請爸把車開進蜿蜒的長巷、廣袤的田野以及山林。當人煙漸少，車愈來愈靠近山區，爸不安地問：「這種地方真的有文學館嗎？」我說我也是第一次來不知道，但導航說有。事實上導航也不認識鍾理和，一直將他的名字誤念為鍾理ㄏㄢˋ。

爸對文學不感興趣，每次返程都不免碎念：「如果不是你們念台灣文學，我應該一輩子都不會想到要來這裡。」但他總是願意在正月初一隨我們許願，跑這麼長的路，到不認識的作家紀念館看看。之前看我博士班念很久、畢業後四處投履歷時他也常說：「如果有下輩子，我會建議你們不要再念台灣文學啦。」我忍不住回嘴：「如果不努力一點，下輩子可能就沒有台灣文學啦。」但我知道他是心疼我們。

漫長的學期即將結束，年節將至。今年初一要到什麼地方旅行，我還沒有想法。也許該輪到爸許願，睡晚一點，到東港吃黑鮪魚當早午餐，或清晨出發直奔墾丁，到社頂公園大草原看海、吹風，墾丁大街吃麥當勞。我願意跳過一、兩次文史踏查或紀念館行程，並承擔起說服欣的責任，一同到東港吃早午餐，或邀請她加入我們，早睡早起，以新的組合，重溫那些年的初一墾丁家庭小旅行。

輯二　浮浪

遶境

北居二十四年，回到台南，一定要騎車在市區晃蕩一、兩個小時，才有真正回到家的感覺。也許是在隔天早餐後，或準備北返的傍晚前。跨上老媽那台排氣管嚴重積碳的小五十，以時速不超過三十五的速度，隨著慣性恣意切換路線，無目的亂騎。週間回高中母校，老師見到我都會說：「又回來巡視喔？」我說：「回來遶境啦。」當然我不是神祇，也不會有信眾同行。這僅僅是我確認自己回到家、一個人的遶境儀式。

我遶境的範圍，大抵不出自小居住的東區，「舊府城」所在的中西區，以及高中就學的北區南側一帶。南區或安平區不在生活圈內，很罕得去。

雖說是亂騎，這麼多年歸納下來，大概有幾條固定路線。第一，文化中心出發，穿越林森地下道右轉大同路，接北門路經火車站及公園到達台南二中。這是我十八歲前的青春記憶，也是人生中最無憂慮、最自由的時候。第二，圓環串連練習。台南的道路並不像台北、高雄是棋盤格式的，而是幾個圓環作為節點的多重放射網絡，路以斜角交會，巷弄如微血管般深入淺出。離家一段時間，總要透過圓環練習對自己抽考，確認我還認得那些接點與斜率，避免過早罹患異鄉人痴呆症。第三，老建築巡視，確認它們都有好好的。例如林百貨，我一直怕它被拆掉或神祕自燃，所幸二〇一四年華麗開幕，矗立在過往最繁華的末廣銀座商店街。這樣的巡視，倒也有點像監工。包覆台南車站的鷹架帷幔醜到可恥，近期雖換上一個比較不醜的，但站體的修復才是重點。第四，生活圈巡視。沿路張望有沒有令人感興趣的新店開幕、或哪些店不見了。第五，小吃巡禮。老台南人就是一攤一攤吃，確認老闆還在、用料如昔、味道沒有走鐘。漲價在所難免，但不可以偷工減料。不過這些情報工作大概輪不到我來做。爸在台南，一有什麼變化，晚上就電話抱怨。

所謂路線，也只是權宜的分類，它們的路徑與目的往往是疊覆在一起的。比如路線一，我不見得走最短距離直奔台南二中，有時在東門圓環轉民權路切青年路繞民生綠園四分之一圈，再北行公園路右轉台南二中。回程則是沿北門路經站前圓環東門圓環大同路一路向南。如此，既懷舊了青春，也走斜線折角，流暢串連了三個圓環，還順道探望了台南州廳、總督府台南中學校、台南驛，同時見證北門路二十餘年的興衰。若天氣炎熱，經民權路偶爾也過雙黃線把車擱在太陽牌門口，吃碗紅豆牛奶霜配冰紅茶。台南不大，適合騎車放空慢行。一、兩個小時下來，想念的地方都可以遶上幾回，淨化異鄉的體臭，祈求合境平安。

境的範圍，也隨人生的歷程重劃。原本在境外的安平區，就因我曾在座落海埔的地檢署服役，而成為境的新界。日暮時分，若沿健康路一路往西，逼近執勤時最常幫辦公室點單叫外送的那間飲料店，明明已退役多年，收假前的胃痛胸悶感卻仍隱隱浮現。但若反過來，出地檢署左轉健康路迎風東行，那便是最好的風景。休假前下勤務的傍晚，媽會在國平路閘門外的街燈下等我，用她的小五十搖搖晃晃載我回家。服役時腦袋會變得簡單，連幸福也變得簡單，我從後座環抱著她，偷摸她的肚子，跟她講這一、兩週署內的諸多鳥事。

幾年前媽過世，回家還是繼續借用她的小五十，在市區四處遊晃。恍惚之中，時常想起與媽一起吃過這間店、走過這條路。不用開發路線六，原有的境便已疊覆記憶的濾鏡。爸大概也是這樣的。開車在市區徐行，他會忽然出聲說，啊轉角那一間跟你媽來過。所以好吃嗎？我問。「看美食節目介紹好奇就來了。很普通，只吃一次。」有時到興達港兜風，他會談起年輕時與媽約會的往事。「以前這裡有一個小小的夜市，我們下班後偶爾會來。」爸到三清宮借廁所，回來時指著廟埕說：「海邊風大。你媽摩托車都側坐。」

以前很少跟爸單獨說話的。媽過世後，回家都是爸接送我。

我遶境回來，媽已經不在了。

有幾次我車騎到家門口，朝門內一望，忽然意識到這個事實，一時不知所措，只得再騎一段。我沿街直行，在徬徨之間來到崇德路口，下意識右轉，經過熟悉的米店、釣蝦場、黃昏市場、丹丹漢堡，然後來到市立醫院。那是我最後一次見到媽的地方。「送殯儀館前，能讓媽回家看一眼嗎？」慌亂中我忘了對誰說，但得到允許。簽署一些文件之後，我陪著媽的遺體搭電梯下樓，一同上救護車。救護車沒有鳴笛。出太平間後便右轉崇明路，跟在爸的車後，沉默地行進。我陪著媽行經我的國中（中午，媽會送便當來給我）、眼科（媽都在那裡治療早期白內障）、早餐店（很普通，但我們一起吃過幾次）、某不動產（房仲來過我家幾次，但最後不是他們賣掉的），然後右轉，在家門口象徵性地停了一會(貓在裡面。也許牠想跟媽說再見)。忘了是誰決定啟程時間，也許是引路的爸、或副駕駛座的妹妹、也許是陪在救護車上的我，那是我們最後一次陪媽回家。

舊家賣掉後，每回遶境結束前，我還是會騎到市立醫院，循那一天救護車的路線走一圈才回家。欣訝異問，不會想避開嗎？我說不會。殯儀館當然是不去的(可能因此我至今仍不太去南區)，但沒有走這一段，總覺得好像沒有回家。

回到家，我停好車，按電梯上樓。貓在衣櫥睡覺。爸已從體育場回來，沖過澡，等著我吃晚餐。他打開供桌的燈，準備燒香，向媽報告：「較等咧欲佮陳允元去食上海好味道小籠湯包。這馬一籠已經起到百一啊，請佮阮做伙來。」

浮浪

媽離開後，爸又撐了幾年，終於還是把房子賣了。

四樓透天厝爸一人獨居實在太大。即便有貓，但貓經常也只需要一個衣櫃。

爸自衛浴設備公司主任退休後，與媽在家設了間小商行，依著從前的人脈做些零賣與服務。收入不固定，房貸卻月月要繳，爸已有賣房打算。只是他開價高，且不願妥協，兩、三年都沒能談成。我回台南，最討厭遇上房仲帶人看房，幾個陌生人侵門踏戶，用估量的眼神，環顧媽用心整理的家。年輕時很擅長跑業務的老爸，用爽朗的語調向他們介紹：「因為是自己要住，當初我自己規畫、找認識的朋友蓋，建材當然用最好的。雖然是十幾年的房子，你看這麼新，我們也有好好愛惜。」我總覺得爸不太像要賣房，更像對著初次造訪的朋友導覽新居。老媽陪在一旁，客氣地說歡迎參觀。這些使我難受，只能維持最低限度的禮貌，點個頭離開現場。

處理媽的後事時，我對爸說：房子先別賣好嗎？

爸說好。

我們一起把媽的衣服整理出來，準備在告別式後火化。

我十八歲北上讀大學，開始賃居生活。二十多年間，住過毗鄰濱江市場與機場跑道頭的男子宿舍；住過瑠公圳旁車庫改建的磚造小屋；住過大學口的分租雅房與華廈頂樓加蓋；住過永福橋頭套房、瓦窯溝旁公寓。到日本短期研究時，住漱石山房通的學人宿舍；七個月後回到永和，在圖書館附近租了一間電梯套房。用兩年半完成博士論文，再用三年的時間兼課流浪。接到聘任案通過的電話時，我對欣說：我好像可以和妳結婚了。

「好啊。」她說。

於是我把套房退租，找了稍大一點的空間讓兩個人安頓下來。說安頓，其實也還是賃居，雖然我因此頻繁出入家具賣店，滿足對成家的想像。豈知租約走完前屋主告知房子要賣，不得不在最忙碌的學期末又搬了一次。那些不久前量身購置的家具，大多帶不進下一個住所，只能棄守，再重新來過。

欣說我很像她祖父一輩的外省人，明明安定了，卻好像還在逃難。我說，這麼多年什麼鬼地方沒住過，也習慣隨時要走。但比起外省人，可能更像隻身渡海的羅漢腳吧：赤手空拳，浮浪街頭，走一步算一步，即便結了婚、當了教授，也還是這種性格。

儘管遷徙頻繁，每在一處落腳，我很容易產生安居的想像。我看房不猶豫，通常三、五間內就會簽約。只要能擺書、容身，家徒四壁也沒關係——

不，也許這樣更好。我樂於當一隻築巢的鳥，可以耗費很多時間往返野地與枝頭，看著家從無到有。

向房東拿到鑰匙後，我會帶著捲尺，到空空的房間坐一整個下午，畫平面圖，感受光影的變化，想像它成為家的模樣。然後在晚餐之前，興致高昂地到賣店採買。每次媽都忍不住提醒：欸，你不是要在這裡置產耶。我知道。事實上我也很少在一個地方待上三年。但我沒辦法不這樣做，我覺得必須如此。

說到結婚，我倒是猶豫了很久。與二十多歲時老是把這兩個字掛在嘴邊不同，三十二、三歲之後，我時常覺得若是一個不小心，恐怕它真的要來了。

「我還沒有要結婚哦。」某次到中壢找當時剛交往不久的欣，我點完餐，沉默了一下對她說。

「你跑來就為了講這個？」她睜大了眼睛。

我不知道該怎麼回答才不會太失禮，但一部分是。

「誰說我要跟你結婚？」她說。

確實沒有。我容易產生安居的想像，但好像也隨時準備要走，或必須得走：賃居如此，找教職如此，感情如此。我想安定下來，但也怕安定下來。我不知道下一步會在哪裡。

爸的第一份工作在廣告公司。不是視覺設計，而是仲介客戶刊登廣告。他與媽也是在這裡相識的。婚後第三年，爸貸款一百多萬買了一棟三層樓透天厝，在台南四期重劃區某無尾巷。這一帶，從前多是農田或台糖的土地。我幼稚園時期的牛車體驗活動，學校還真的弄來一頭黃牛拉著我們逛大街。牛沿路拉屎，鬆軟濕熱，綿延好幾個街區，我和同學們在搖晃的牛車上整個笑歪。

買房的同一年，爸轉行賣衛浴設備。在大學生還算稀有的年代，主管要他坐辦公室，他三天就坐不住了，自請到外面跑業務。憑著年輕人的膽識與優異業績，他很快就升職副主任。也因為做這行常出入建築工地，朋友邀他投資並兼任建設公司經理。十二年後，爸用工作與股票賺到的錢，準備在無尾巷外的同一條街，蓋一棟理想的房子。有時他會帶我們去監工，站在還沒有粉刷的灰色空間興奮地比手畫腳：這裡是客廳，二樓是主臥，三樓前半以後就是你的房間。記憶中，他爽朗的聲音總有回聲疊覆。兩年後，房子終於落成。爸很得意，好像人生的頂點就在這一刻了。他把起家的舊厝賣了，卻沒有把錢留下來繳新居的房貸。他說：時機大好。

後來我們在這個家住了二十年。唯時機像水，好好壞壞。

遷進新居兩、三年，我與妹妹相繼離家北上，各自展開宿舍或賃居生活，實際住在這裡的時間不多；但二十年間的來回往返，它也就一點一點夯實而成為家了。一個讓我們在北部遷徙移動，也總是能夠回來的絕對座標。

幾年前調閱戶籍謄本，看見住址變更的紀錄密密麻麻，才知道爸小時候一直搬家。他說，阿公本來是做冬瓜糖的，生意不錯，後來幫親兄弟做保，對方卻跑了，只能四處搬遷躲債。最終搞壞了身體，沒錢看病，在他大二時過世。「你沒看我對那些很有名的冬瓜茶都沒興趣？你阿公做的才真的好喝。」媽過世後，爸很常在開車時聊起一些我不曾經歷的往事。每次吃牛肉麵行經水交社，他會指著某個原是土磚屋與小丘、現已蓋起大樓的地方對我說：「我有一陣子住在這裡。」並在右轉西門路時說：「轉角以前有間西藥房，我小時候都跑來這裡看電視。」

媽走後，爸終於還是把房子賣了，搬到舊家不遠的一處二十幾年的社區大樓。賣房前他打電話給我，說有人出價接近他的理想，徵求我的同意。我不知該怎麼回答，只說我跟妹妹討論一下。這棟透天厝有團圓的記憶。媽的肉身、遺物都在告別式後火化了，我總希望至少能回到與她一同生活過的家裡。但我只偶爾回來，房貸也不是我背負，記憶的代價對爸而言太過高昂，我不能那麼自私。

買下這戶房子，爸說他只考慮了五分鐘。「家賣掉了啊。交屋前找不到房子，我就沒地方住了。」他說很幸運，售屋廣告的地址寫錯了，他陰錯陽差找到這邊來。到管理室一問，還真的有房子要賣。

「王爺公與你媽有保庇啦。」爸說。但年輕時的他，既不信神，也不信邪。

搬家的前幾天，我回家和爸一起打包整理，不時陷入各種回憶。爸弄來很厚的大型垃圾袋。要帶走的放一邊，之後請搬家公司連同家具一起載到新家，其餘裝袋，分批載去體育公園旁的垃圾車丟。最後一夜，準備帶走的都已拆卸裝箱，居住多年的家，生活的機能已瓦解歸零，只留下不曾察覺的大量灰塵。

確認電動捲門完全降下之後，我們帶著貓與衣物到新家盥洗，打地鋪。我把外套捲起來充當枕頭，躺在鋪上薄墊的磁磚地板。半夢半醒間，我似乎一直看見貓在陌生的空間裡走來走去。儘管睡得很淺，天還是漸漸亮了。

後來爸說，住大樓也不錯啦，至少晾衣服、找貓不用爬四層樓。

婚後，丈母娘幾次勸我考慮買房：與其把薪水奉獻給房東，不如付自己的房貸。雙北房價太高也可以考慮買在中壢啊，以後有小孩，爸媽可以就近照應。我覺得有道理，但笑笑未置可否。以前我會說：不必把房子扛在身上啦，讓自己動彈不得，這樣過一輩子的賃居生活似乎也沒什麼不好。不過上回被房東突襲、惹得欣不開心後，路過不動產公司我偶爾也會停下來看看。只是還可能努力看看的，大概只有比我更老的公寓。

我才知道，租屋時那些看起來不怎麼樣的房子，沒有一戶我買得起。

本來覺得住中壢太遠，睡覺時間都不夠了還要通勤。但心裡有數後，我也同意到中壢看屋。丈母娘很開心，馬上物色了幾間要我們去看。看了第一間我就相當喜歡，空間乾淨明亮，大小適宜，步行到車站只要五分鐘，到任職的學校不計轉乘時間五十七分鐘。月付不比房租高，且三鐵共構正在施工，增值可期。回到家我說不錯啦，也許沒有更好的選擇了，但總覺得看第一間就出手不太對。欣說，如果覺得通勤太累我還可以理解，但這種理由就莫名其妙，「我還不是第一次交往就跟你結婚？」

我語塞，差一點衝動出價。但洗完澡後，又立刻打消念頭。移居此處，等於將自己拔離大學時期以來熟悉的生活圈與任職地，不得不在通勤途中蒼白著一張臉，環抱浮腫的意識，沿軌道漂移、搖晃。

我打電話給爸。他說像我們這種的，房子買下去就是幾十年的事，不用急。

睡前與欣商量，得到一個原則性的結論：有甘願，才背那個房貸。

我躺在欣老家偏硬的床上，翻來覆去。忽然想到也許很遠以後的事。

如果有一天，爸也走了，他現在住的這戶房子該怎麼處理？

理論上是要賣的。畢竟我與妹妹都在台北成家，不住在那裡。

不過，在台南沒有家可以回去，這樣我們還能算是台南人嗎？

如果有一天台南的房子賣了，在雙北又買不起，我們是不是只能永遠處於安定了卻好像還在逃難、把家築在身上的浮浪狀態？

時機像水，好好壞壞，難以預測。

黑暗中，欣已發出微微的鼾聲。她安睡的這個家，據說也是爸媽拚了命才換來的。

摸摸——二〇一〇

期末死線的前一夜，與芬到六張犁，把這隻不滿兩個月的小貓摸摸領回家。上一回見還抱著奶瓶，不太會走，這次已是一匹小獸了。死線前夜當然沒怎麼睡。我一面調整論述的語順，補上註腳，不時轉身看牠在後頭做些什麼。論文的主體在天黑前便已大致完成，這些枝節卻搞了我一夜之久。牠睡睡醒醒，我東摸西摸。等到我關掉電腦爬上床去，天已經亮透了。

貓初來乍到，我們對彼此同樣好奇。

七點，另一批好奇的人們已在門外張望了。摸摸咧？摸摸在做什麼啊？我一夜沒睡，頭痛欲裂，於是把芬和妹妹——還有那隻正在咬我的手的摸摸一併逐出房外。死線之後，我過了幾天精神萎靡的生活。期末幾萬字幾萬字的自我壓榨，整個人像是廢了一樣，只能玩貓喪志。我們三個輪番上陣，摸摸樂瘋了：咬咬抓抓，飛撲擒抱，追趕跑跳。後來牠也累了，睡多醒少。

摸摸的鬍鬚很短，肚子花花，熟睡時會安心地整隻翻躺過來。在這樣的祥和之中，有時我竟沒來由地想起貓的年齡換算而感到心慌：貓的一歲相當於人類的十六歲，兩歲是二十歲，三歲二十四歲。我今年二十九歲。再過六年，眼前的這隻小獸就要趕過我的年歲，並加速追上至親的衰老……墨色的斑紋隨呼吸安靜起伏，我忍不住瞇眼——然而一瞇眼，時間的流動便恍惚、微妙了起來：彷彿牠是我此生未曾凝結的原初記憶，也是不願去預演的未來……。

我把整個臉靠了過去，挨著牠的溫度。

唉呦摸摸啊。

睡夢之中，這小傢伙正全速、全速地長大。

摸摸——二〇二二

與貓論輩分，不是件太容易的事。

換算為人類年齡，今年是摸摸的六十歲大壽，再兩年就要追上老爸的年紀。我早在幾年前就被牠超車了，雖然名義上牠應該是我兒子。

然而每次趁會議之便返回台南，看著老爸抱著牠拍屁股、唱兒歌的樣子，覺得牠似乎替代了我成為爸的兒子。二十年前，我與妹妹相繼北上讀大學後就長期不在；幾年前媽過世，爸與摸摸相依為命。發展出這樣的關係，似乎也是理所當然。

或許摸摸從小就自認是我的兄弟也說不定。臭臉、愛玩但不給久抱、沒大沒小，時常從我身上踩過去，有一次還趁熄燈飛撲我毫無防備的臉。我盛怒，氣急敗壞地將牠關進籠裡反省。搞什麼！傷到眼球怎麼辦！我再度熄燈，試圖讓自己的呼吸緩和下來。黑暗中，牠抓咬塑膠籠子的聲音持續不間斷。只好開燈，假裝生氣地喊牠的名字，拎牠出籠一看，牠的雙爪已滲有血跡。

隔天，我買了一個有緩衝材質的帆布手提外出袋給牠，從此不敢管教。

最初的一段時間，摸摸與我、妹妹、還有當時的女友芬同住永和的一層公寓。領牠回來的那個夏天，牠只是一隻不滿兩個月的小虎斑。耳朵大大，肚子花花，總是好奇地進出三個房間逡巡探查。愛撲咬、撒嬌。獸醫師說，貓的脊椎不適合躺。摸摸卻很愛袒露肚子呼呼大睡。趴臥的時候，屁股一定要墊東西，因此我的背包總是沾滿貓毛。妹妹下班隨手擱著的外套、芬的麂鹿針織衫也是。「摸——摸啊，」我們常這樣喊牠。就算在睡覺，牠也會稍微搖動一下鼠尾般細瘦的麒麟尾，表示聽到了。

入秋後日照漸短，摸摸也慢慢脫離幼貓階段。雖然還是愛玩愛撒嬌，但牠的撲咬已有相當的攻擊性，臉的輪廓也開始像個青少年了。此時芬打算離開。挽留無望，我說：那把貓留下吧。某個曇雨的週五，她預告要搬，我下課便從木柵直接回家。轉開門鎖，沒有人在家，只聽見雨水落在石棉瓦上的聲音。摸摸走來，發出一聲低鳴，用額頭蹭了蹭我微濕的褲管。我探頭，向沒有開燈的屋內望了一眼，把貓抱起來，走進那個連床板都拆卸帶走的空房間。

除了某次與芬一起帶摸摸去結紮，我們就沒再見面了。

我不知道摸摸怎麼理解一個人突然從生活中徹底消失。芬搬離的早上，只有摸摸在家。她有好好跟摸摸道別嗎？

平常，我多掩上那個房間的門，免得傷心。但偶爾仍讓自己進到房裡，倚坐地上，望著牆耽湎於某種情緒。摸摸有時踏著無聲的腳步跟進來，四處聞聞看看。牠已不是幾個月前的那隻幼貓，身體與鬍鬚都抽長了，細瘦的麒麟尾也茂密健壯了起來。澄澈的眼瞳裡，偶爾也閃過成貓會有的淡漠。我不確定貓能記得多少事。當牠走近，用貌似哀戚的眼神與我對望，我感受到牠似乎覺得與我同病相憐，於是將牠抱起來，牠卻馬上掙扎逃開。我聽見牠在門外嚓嚓地抓貓抓板，不久又恢復原本的安靜，大概躲到什麼地方睡覺去了。坐在微暗的房裡，我懷疑一切只是我過剩情感的投射。

隨後的日子，我與妹妹過著兩人一貓的生活，有默契地沒讓媽知道。倒也不是什麼大不了的原因不能說，只是從小她就交代不要亂養小動物。但某晚的例行通話，她話鋒一轉，問我們是不是有什麼事情瞞著她。我心裡一驚，問她怎麼知道。

「憑老媽的直覺啊。」她說。

媽與摸摸第一次見面，就被牠收服了。某日媽北上，摸摸充分發揮貓科動物辨別位階關係的本能，乖巧溫順，還搬出幼貓賣萌的那一套來對付媽。媽回台南後，每晚通話都先問摸摸在做什麼呀，我們乾脆喊牠來聽電話。摸摸偶爾會走來叫個兩聲，讓遠方的媽樂不可支。

摸摸待在永和，只有最初兩年多的時間。第三年冬天，妹妹到東京出差，我則準備到北京參加研討會。媽捨不得讓摸摸住進宛若鴿籠的寵物旅館，竟搭高鐵北上，超高規格親自把摸摸接回台南。這次輪到爸被收服了，整天摸——摸、摸——摸地叫。據說爸小時候曾撿過一隻白腳蹄的狗回家，阿嬤卻罵說不吉利，不得不含淚放走。摸摸的存在，算是圓了兒時的夢。不久，我與妹妹相繼回國，準備趁過年返鄉接摸摸北上。收行李時，摸摸已在距離之外觀察。拿外出袋，牠立即識破陰謀，轉身連奔三個樓層，在堆高的紙箱上看著我們氣喘吁吁追來。再不出門趕不上高鐵，只好作罷。往後的幾次，都重複同樣的戲碼。算了，台南陽光充足，又是透天厝，貓待在這裡應該比在永和的公寓自在愉快。且讓貓陪爸媽也好，就不再勉強了。

於是摸摸就在台南定居下來，成為爸媽的家人。我與妹妹則成為消失的人。一年之中只有幾次飄然而至，沒多久又不見人影了。兩個人要同時回家，大概只有中秋、除夕，或是什麼特殊的機緣。

對摸摸而言，我們大概是幻影般的人吧。

不過每次回家，摸摸總是露出「那傢伙回來了啊」的淡漠眼神，很快眼睛又瞇成一線睡著了。既沒有生疏感，也沒有久別重逢的興奮感。我想，那正是牠還記得我的印記吧。爸媽說，每次我回台南的前一、兩天，摸摸就會跳到我的床上睡覺，好像心有靈犀。我高興了一下，但馬上意識到那是換新床單的緣故，並不是因為我要回來。

很快的，爸跟摸摸培養了深厚感情。不，與其說培養，不如說是摸摸再度發揮辨別位階的動物本能。明明餵食的是媽、清貓砂的也是媽，但只有爸會抱著牠拍屁股、唱兒歌。奇妙的是，平常不太給抱的摸摸，在兒歌結束前，會安分地待在老爸懷裡不踢不咬，像小朋友坐在投幣式搖搖車上靜靜聽兒歌唱完。摸摸在台南，爸媽都很開心，像重溫新手父母的喜悅，又像是過往的記憶失而復得。我們小時候，爸設定的家庭分工是這樣的：小孩子的日常照料交給媽，他在外面工作應酬，大事才找他處理。不過假日的時候，爸會開車帶全家出去玩。翻開當年用傻瓜相機拍下的照片，百貨公司、遊樂園、休閒農場、動物園、山上以及海濱，都有我們的足跡。

但我沒有印象，當年他是否也曾像抱摸摸那樣抱著我唱兒歌？也許沒有。照片中抱著我的總是老媽。大學畢業兩、三年的她戴著大框眼鏡，及肩的髮尾微微上卷，微笑時露出漂亮的門牙。我與爸的合照，多數是小學以後的了。最早的一組照片，是在體育公園的老火車頭前拍的。年輕的爸穿著時髦的皮外套、蓄略長的髮，笑著開箱他送給我的玩具火車頭，讓小小的我用雙手抱著。照片中沒有妹妹。如果買禮物，一定兄妹都有，所以我想，這時妹妹大概還沒有出生吧。

但爸也未必真的沒有抱過我。記得媽說過，我出生不久爸下班回家就抱我，卻被阿嬤斥責，說男人不應該抱小孩。想來大事才找他的家庭分工，並不是最初他對父職的想像。久而久之，我們與媽很親，卻總是隔著媽與他說話。

十八歲我離家北上，決定養成一個習慣：每天打電話回家聊個兩句，當作報平安。這習慣維持至今已二十餘年。只是媽還在的時候，我幾乎沒有一通電話是撥給爸的。同樣地，他也鮮少打電話給我。七年前母親節後的那個週六早上，爸來電，說媽病危。

怎麼會？上週回家陪她過節還好好的。

隔天清晨，媽走了。

我們從殯儀館回來，看摸摸獨自在家，不知該如何向牠解釋。媽過世幾乎沒有預兆。雖然幾個月前診斷患有肝炎，但她按時服藥，狀況一直都控制著。

前一天早上因些微不適走進市立醫院，病情卻急轉直下。我與剛出嫁的妹妹乘高鐵南下，爸來接我們，直奔加護病房，見到媽最後一面，她卻來不及與摸摸好好道別，成為突然消失的人。

我將貓食倒進鋼盆，發出叮叮咚咚的清亮聲音。摸摸跳下沙發，隔著距離無表情地看著我們。早上，不鳴笛的救護車緩緩駛過家門口的時候，摸摸是不是也像平常一樣，眼睛半瞇，趴在窗台上曬太陽？還是牠也有預感？

爸很自責。在儀式與儀式的空檔，開車帶我和妹妹在市區到處繞，斷斷續續說了很多的話。我們知道，他也不知如何向自己解釋。

這幾乎是我們和爸講過最多話的一天了。不是聊兵役、畢業、工作、人生規畫，也不是聊美食或是棒球。且不透過媽中介。

六月，處理完媽的後事，我回到賃居的永和繼續寫博士論文，維持每天打電話回家的習慣。與爸生疏太久，不知該如何開始，只好聊貓，再各自報告今天做了什麼。

「摸摸咧?」

「你等一下哦……好像在你衣櫃裡睡覺。」

如果摸摸剛好在身旁，爸會喊牠名字，讓牠叫個兩聲。

「今天怎麼樣?」

我與爸開始久違的會話練習。我說，今天去台灣圖書館讀史料做文藝欄目錄。整個六樓幾乎沒人，包場。爸說，今天在菜市場看到一尾好大好漂亮的紅鰷魚。這種魚不是常有，說是澎湖野生的。下次你要回來提早講，我問老闆有沒有。

爸六十歲才第一次進菜市場，自己備料做飯。他的手很拙，且不太有耐心。我叫他刀子別磨太利，比較不會受傷，萬一出事，貓幫不上忙。

博士班第八年，我終於連滾帶爬地把學位論文寫完，登出學校。

不知不覺間，摸摸已追過年屆四十的我，並能直視爸花白的項背。爸說，以前的摸摸三、兩下可以跳上一米九的大衣櫃，現在常做好準備動作卻猶豫半天，沒有跳。「摸摸啊，你已經是一隻老摸摸了老摸摸。」電視廣告時間，爸胡亂搓著摸摸毛絨絨的花肚子，把睡眼惺忪的牠從沙發上抱起來。不過家貓的心智年齡據說是長不大的，爸抱著摸摸拍屁股、唱兒歌的時候，牠抬頭仰望的神情，還那麼像個小孩。

結巴少年

一

讀幼稚園時，結巴少年突然出現，使多話的我安靜下來。當時他與我一樣，也是五、六歲的小孩。瘦弱。然而比我更加內向、畏縮。升小學的那一天，他也跟著我到學校上課，並因為打鐘後我還繼續拆著在福利社買的糖果包裝，而一同被老師罰站。六年後，他陪我上台領了畢業證書，一起成為少年。但奇怪的是，此後他似乎就不再長大了。如今我四十歲了，他還是少年模樣。

結巴少年出現的那天，想必是極平凡的一日，否則我不會幾乎沒有記憶。在那前後唯一有印象的事，就是我與同學爬竿掉了下來。雖然不是爬到太高，但胸口著地，肺部像是被什麼梗住了一樣，非常難受。回到教室後，我還是喘不過氣，有好一陣子說不出話來。

至今我仍無法說明爬竿掉落與結巴少年之間的連結。既不是他害的，我無法起身的時候，他也沒在一旁嘲笑我。不過似乎從那一段時間開始，他就一直跟著我了。所謂一直，並非他時刻緊跟在我的身邊。正好相反。平時我根本不知道他在哪裡、做什麼，也沒有誰會特別意識到他。不過在某些情境，我會知道他來了：胸口感到無來由的緊繃，像氧氣被抽光，又像是咽喉被什麼掐著似的。即便現在四十歲了，在大學教書，偶爾也還是這樣。

印象中，我沒有聽過結巴少年說話。但他出現後，我也漸漸變得內向。在課堂上，老師喊我名字，同學們轉頭看向我，有時我會手心冒汗，呼吸不到空氣。若必須向不認識的老闆詢問事情，我也會在櫃台附近假裝看東西，躑躅許久，醞釀開口的時機。如果妹妹也在，我就會把錢給她，請她去結帳。我不知道自己怎麼了，不過上述情境解除，好像就沒事了。我平常一樣多話，下課與同學們到操場賽跑、打球，到空地抓蟲挖土，做科學家或考古學家的夢。上課專心聽講，或愉快地在課本塗鴉然後傳給同學看——假如沒有被老師叫起來回答問題的話。

升上國中前後，結巴少年的出現變得頻繁，偶爾也闖入日常時刻。我想我的本性大概不是那樣的，那陣子卻不知為何變得容易緊張，時常「啊、啊啊啊啊」半天說不出一句完整的話。一向將小孩的事交給媽處理的爸，也難得直接找我相談：「你先想好要說什麼，再把腦中的句子慢慢念出來。」我說好。但知道歸知道，緊張時腦袋根本一團糨糊，愈攪愈黏稠。即便有句子，換氣不順，話就容易梗在喉頭。就算順利念出來了，腦袋也無法同步運轉。我課業中上，擅長棒球與繪畫，人緣大概還好，但我不懂為什麼這樣：一旦被許多雙眼睛注視——或者，意識到自己正暴露在與他人不對等、或態度不明的陌生視線下，就有一定機率觸發結巴少年出現，影響我的呼吸與肢體。那是一種猝不及防的窘境，公開的處刑。即使安全下莊，餘悸猶存的我，卻常無法克制地回溯那一刻，質疑自己的表現，或暗自揣測他人期望的答案。一、兩次下來，就像同一側的腳踝反覆受傷，復原後大概也能走，但就會不自覺地調整施力平衡及肌肉使用，終於成為某種歪斜的姿態，隱微難治的宿疾。

國三某次班會，我輪值主席。那個年代的班會徒具形式，主席只需要上台朗讀本週的中心德目，詢問同學有沒有臨時動議。若無，就進入自習時間。我站在台上，不知何故突然無法言語，只能捏緊拳頭，將手藏在講桌後，就那樣讓全班同學看著我。老師有些不耐，用教鞭指著預先謄寫在黑板上的中心德目說：「念不出來喔？」我漲紅了臉，搖搖頭。我知道結巴少年也在。他同樣束手無策。

老師叫我下來。

當時偷偷喜歡的女同學也坐在台下，我卻一個字都讀不出來，這讓我感到眾星逆行，世界毀滅。結巴少年大概和我一樣沮喪。但羞憤的我，沒有要安撫他的意思，反而在心裡大聲斥責：你來做什麼？為什麼是現在？你可以不要這樣一直纏著我嗎？午後的教室裡除了吊扇嗡嗡轉動，沒有其他聲音。我不得不翻開課本假裝自習，調整呼吸，以掩飾自己的窘迫。

那天之後，我決心跟結巴少年拆夥。如果繼續這樣，人生就完蛋了。

高中第一次班會，我舉手自願出任班級幹部，帶著一種彷彿要與結巴少年對決的氣勢，用拙劣的技巧，完成上台說話的任務。雖然大多時候只是簡單的事項宣布，但對我來說，已經是突飛猛進了。我也積極參加社團活動。最初只是隨著剛認識的朋友到校刊社看看，後來也全心投入其中，當社長、編輯刊物，甚至在這裡認識了文學。結巴少年並沒有被我趕跑，只是即便現身，也怯生生地，不敢靠我太近。我想我大概傷了他的心。其實我也不太適應活成另一種樣貌的自己。偶爾我的意識會脫出這種狀態，隱身某處，望著台上那一個與我共用名號的人，彷彿旁觀一場表演。這往往讓我感到荒謬、疏離。

如果結巴少年不曾出現，我會是眼前的那個模樣嗎？雖然那似乎是我想成為的自己，且心口之間沒有頓蹬（tùn-tenn），不必預先想好內容，再逐句腦譯、複誦，讓我感到難得的暢快；但我總覺得不太認識自己，也不太認識那個人。此時結巴少年是否也跟我一樣，在人群中，靜靜看著那個人表演？我無法確定，但我猜少年也在。因為我發現那個人說話偶爾也還是會不自然地閉眼、捏手指。不知為何，這些小動作讓我感到安心。

二

幾年後，我考上法律系，隻身北上，住進男子宿舍。法律系能辯論的人很多，且都有法條武裝，現學現賣，連講起垃圾話都有模有樣。但這裡也不是人人都豺狼虎豹，像我一樣平凡的人也不少。

來到新環境，我多少是緊張的。雖然高中時代的矯枉過正已足以讓我應付大部分必須說話的情境，但因為不想被人看輕，我還是免不了必須提防結巴少年會突然出現，洩漏我的底細。我的緊張感大概也來自宿舍集體生活的壓力，不想脫隊，不想變成別人口中不合群的人，夜衝、夜唱都是一招（tsio）就走。其他生活上的磨合，也要求自己不可以造成別人困擾。但這樣的克制好相處，我也怕被人軟塗深掘（nńg-thôo-tshim-kuít）。宿舍生活我最不能忍受的，就是睡覺時有人大聲喧譁。記得有一次，大部分的寢室已經熄燈了，但還有人在門外走廊聊天，我睡不著，只好下床，看看到底是誰。我說：「學長，很晚了，大家要睡覺。」但回到寢室不久，他們依然故我。既然學長如此白目，就不用客氣。我開門，指著他們的鼻子，說了難聽的話。後來聽其他人轉述，我回房後他們面面相覷：「這學弟剛來就這麼兇？」之後每次宿舍有人深夜嬉鬧，無論本系外系，或是哪一個樓層，大概都是我去處理。

當然，這不免只是虛張聲勢。就像傘蜥蜴只有在受到威脅時，才會死命撐開頸部如傘的皮褶，並張開大口，歇斯底里地跳來跳去，好讓自己看起來可怕一些。我後來才漸漸明白，這種虛張聲勢，有時候並不為了嚇唬別人，而是做給自己看的。有一回跟室友去買手搖飲料，忘了是他少帶五元、或是折扣後的計算分配問題，走回宿舍的路上，他說：剛剛那五元你出。我問他為什麼，他說哎呀就當作請我。我一愣，說我幹麼請你？他嬉皮笑臉不說話。

這突如其來的無賴要求，讓我一時不知該如何反應。我感到不快，但又覺得為了五元向室友追討會被認為小氣，萬一吵架了，寢室氣氛也不好。我躊躇著，同時也生著悶氣，沉默地和他走回宿舍。事後我沒有追討，也沒有翻臉，獨獨憎恨起自己的怯懦：雖然只是五元，但面對此等無賴的要求還怯於表示，還算是個法律人嗎？平常不是很兇？這是尊嚴與原則、不是五元或多少錢的問題，別人拗你，為什麼還怕被說小氣？難道要任人吃到飽？我無法回應對自己的質問，卻想起小學六年級的一段往事：原本一起玩的幾位同學，不知為何突然開始捉弄我，把我的東西藏起來，看我慌亂，才嬉皮笑臉地拿出來。有一次從抽屜取走我每堂下課都拿出來畫幾筆的素描本，讓我追著他們跑，還從樓梯高處向我吐口水。我感到憤怒，但更多的是受傷。我不知道自己做錯什麼，必須被如此對待。但他們說：「開玩笑嘛，別那麼小氣，除非你不想跟我們當朋友。」我搖搖頭，只是要他們不要再這樣對我了。事後想想，當時我剛拿到跆拳道黑帶資格，若要打架，根本可以把那些傢伙打爆。但不知什麼預先抑制了我的衝動，我總是收著武器不用，以表示和善，人畜無害。

那是我第一次感覺到沒來由的惡意。

那一陣子我很不開心。一點小感冒，就託病不想去學校。記得媽還幫我請了幾次假。我想她隱約知道有狀況，所以沒有勉強我出席。或許，她曾到學校跟導師溝通了也不一定。後來那幾位同學又若無其事地當回了好人。當鳳凰花開，我們還交換了畢業紀念冊簽名留念。其實簽名是多餘，他們的名字至今我每一個都記得。

如果沒記錯的話，在那之後，結巴少年就頻繁出現了，使我成為一個畏縮而安靜的人。我一直以為是結巴糾纏我，但勉強克服了語言障礙後我才知道，結巴與怯懦原來互為表裡，也相互增強，成為惡性的循環。但我再也不想回到結結巴巴的時期，也憎恨自己軟弱討好的樣子。五元當然就算了，但我默默給自己訂了一條行事規約，就像進入遲來的叛逆期，一旦有人越界，我絕不允許自己忍讓。飛車追逐長按喇叭、把插隊的人揪出隊伍教訓都是常有的事，也曾在課堂上直球回敬老師輕佻的人身攻擊。雖然碩士班轉念文學，但法律系四年，我想我的性格與行為模式多少有了一些改變。與人衝突時，我的大腦會拉高轉速，乘著一股氣勢劈里啪拉地講，既是自我激勵，又像是為了不要留下任何縫隙，讓結巴少年有機可乘。媽在世時，總勸我在外脾氣小一點，擔心有一天我會被亂刀砍死。其實我也怕，每次盛怒之後我都在發抖，交雜著亢奮與恐懼。

然而即便那一段時間，我如傘蜥蜴般把弱小的自己放到最大、最張狂，歇斯底里地跳舞，與外在世界對峙，終究只是把自己弄得緊張不堪、精疲力竭而已，並沒有驅離結巴少年一步。我也發現：我愈是背對他、冷落他、憎恨他、貶低他、叛逆他，事實上我就愈成為他。在即將邁向中年的身體裡，藏著一個無法長大的少年，兩者以相反對立的形式，共同停困在敏感焦慮的青春期。

三

滿三十歲的那一年，我接到聘書，第一次成為大學兼任講師。開學那天我很早起床，搭長長的捷運提早到校。走在校園裡，與許多背著後背包的青年男女同向而行、錯身而過，我漸漸感到呼吸困難：他們該不會是要去上我的課的吧？想到這，我開始不斷乾咳。我循著配置圖找到教室所在的大樓，先去廁所，又在外頭磨耗了一點時間才硬著頭皮走進教室。有些同學提早到了，零散地坐在教室兩側與後排。我將課綱交給最靠近的人，請他傳發下去，然後故作鎮定地走上台，摸索電子講桌的開關與用法，插入隨身碟，叫出昨晚熬夜做的投影片。

教室裡的同學愈來愈多。上課鐘響前，我必須克制想趁亂逃走的念頭。想來我很小就有逃課的紀錄。五、六歲時幼稚園開了英文班，媽擅自幫我報名，希望我去上。第一次上課，眼前的外國人（那應該是我第一次親眼見到外國人）用誇張的語調與手勢，唏哩呼嚕地說著聽不懂的語言。小朋友們都一臉茫然，半張著嘴，不知道他在幹麼。一旁協助的本國老師有點焦急，催我們開口跟著講。第二次我就不想去了，我不知道英文是什麼，也不懂為什麼要學。比起英文，我更想學畫畫。課前的午餐時間，我領了黑輪與熱紅茶，到園裡的遊戲區，坐在滑梯與爬竿旁慢慢吃，打鐘也不管，直到老師焦急地找到我。我被拎回英文教室時，所有的小朋友好像都有了一個英文名字。雖然我遲到了，外國人也給我取了一個英文名字，叫做「Great」。「Hi Great. How are you?」外國人對著我說。「葛瑞特，快，外國老師在跟你打招呼。」老師催促。我覺得困惑，並打從心裡抗拒。我不是葛瑞特啊，我不姓葛，也不認識葛瑞特。但全班小朋友都轉過頭來看著我，於是每一次英文課我都逃課。後來媽也就不再勉強，把課退了，送我去學畫畫。

上課鐘就要響了。但此刻我是老師，不宜再逃，得趕緊把自己拎回教室。

偌大的教室裡，只有我一個人站在台上，眼前是一望無際的海。我握著麥克風，深深吸了一口氣。從現在起，整整兩個小時都是我的責任歸屬。不會有其他人在牛棚熱身了。但我還不曾有過以小時為單位的說話實感。上課鐘響，我已沒有退路，只能望著投影布幕，不換氣、拚命講，什麼結巴少年、台下同學都不在視線之內，直到下課鐘聲拯救我。

氣喘吁吁地結束第一個小時，我大概知道昨晚熬夜準備的內容，足夠撐到下一次鐘響。第二節課，我嘗試望向台下，才發現那一片我以為沒有邊際的海、休眠的西瓜田裡，還是有幾雙眼睛看向我。刻意安插的幽默，也不是完全沒有人懂。於是我稍微放慢節奏，嘴巴在說話，視線則來回於幾雙尚稱有神的眼睛之間，前後左右游移、擴大，也逐漸可以看見鄰座同學的髮型輪廓與表情變化。課後我收到一張無署名的紙條跟我說：「老師你不用那麼緊張啦。」第二週上課，我已認得一些同學的臉，雖然還不知道名字，但他們的眼睛彷彿航海時作為嚮導的星。第三、四週，我嘗試丟一些問題給同學，反應雖不熱烈，所幸不至於有去無回。第五週，課後開始有同學前來提問。第六週還是第七週，因為是小說習作課，我也談了一下自己，分享創作心得。第八週之後，進入習作與討論階段，我把同學們繳來的極短篇做成投影片，一篇一篇公開討論，也請作者發言，交換意見。有同學回饋，求學過程中交出去的任何作業，老師僅是丟個分數回來，第一次覺得自己的作業被認真對待，很感動。我說因為這是作品啊，不完全是作業，就算寫得很爛，它還是你的作品。如果想當作家，要先培養這種プライド(pride)喔。

雖然每週備課都用盡全力，但我感覺自己似乎正漸漸學會在台上放鬆。初登板的第一個學期，不用說，結巴少年當然也在，每次進教室前不斷的乾咳、乾嘔都是他害的。即便十二年後的現在，這樣的症狀仍多少殘續著，特別在面對陌生班級的時候。但我也逐漸習慣了，因為我就是那種容易緊張的人啊。教書這麼久，我仍不時地在開學的前幾天，做著沒有準備就上台，腦袋空白、講課超爛的惡夢。但我已經不那麼認真在意結巴少年了。無論怎麼做，我知道他一定在。這反而讓我安心。他讓我知道，我不是光靠一張嘴可以畫虎屧(uē-hóo-lān)三小時的人，每一次上台都得好好準備才行。

課程開始前，我會待投影片、簡報筆等一切備妥後，才慢慢拿起麥克風，環視教室，調整呼吸，然後以一段不一定與課程直接相關的日常閒聊開場。同學們以為我岔題是為了逗他們笑。少臭美了，我是在安撫結巴少年，要他別緊張。

而真正使我積蓄底氣而不懼怕的，除了那些閃亮如星的眼睛、那些未發出聲音的唇語，還有那些困惑、沉默，那些與我對視旋即低下去的頭，那些尷尬而不失禮貌的微笑。學生們用各種方式讓我知道：這不是我一個人的主場秀、獨角戲。在教室裡，我看到了許多人的結巴少年，也看見自己。我跟學生說：哎呦不用怕說錯啦。我小時候結巴，一輩子也沒想過可以靠說話吃飯。學生都不相信，因為現在的我常常講到超時，有幾次還被強制熄燈。我說：超時是因為有想跟你們分享的事啊，你們以為我愛講喔？累死。

我的脾氣仍不是太好，但我也幾乎不在課堂上生氣了。

我好像一直活到了三、四十歲，才終於開始學習與結巴少年和好。一起自敏感焦慮、囂張叛逆的青春期脫困，成熟長大，也一同重返曾經活潑多話的小時候。

當結巴少年也在教室裡找到位置坐下，我知道，我可以開始上課了。

掠龍

雖說按摩治標不治本，但我也無意治什麼，只是渴望能有一段時間什麼話也不必說，把身體交給對方，雙手放軟，腦袋懸空，感受自己的瘦楚被撫觸、覺察，意識也慢慢進入恍惚之境，就是最大的滿足了。

十多年前我第一次的按摩體驗，卻宛若煉獄。

那時我已讀完碩士，離開賃居的台北，回台南服役。雖然是不太擔負勞力工作的地檢署替代役，但因隸屬特殊任務編組，不時得通宵值勤，作息混亂，天氣熱起來後，便時感昏沉無力。友人P聽聞，建議我去按摩，並幫我預約師傅。我對按摩的認識來自小時候，爸下班回家看電視，常翻過身要我和妹妹幫伊踏踏咧（táh-táh-leh）。我們很樂意，因為站在爸軟軟的背上像踩平衡木般有趣。長大一點後，我們變重了，手也比較有力，爸要我們搥背換零用錢。伊講遮號做掠龍（liáh-lîng）。彼時爸舒爽的表情，讓我帶著期待赴約。但踏進按摩室，初次見面的中年男子便要我衣物全脫，讓我有些手足無措。幾分鐘後，我近乎赤裸地趴在按摩床上，摘下眼鏡把臉埋進洞裡，無法想像接下來會被怎麼擺布。也許是拉緊的神經放大痛感，一個小時下來，我感覺自己像在祕密的訊問室裡，遭受不可知的酷刑。回家後對著鏡子側身一看，背上已爬滿紫紅色的痕跡。隔天P問我如何？我說好可怕，像死了一次回來。

幾年之後，我才敢再次踏入按摩店。那是在台北讀博士班的第三年春天，我初任講師，在淡水接了兩門選修課。因為是第一次教書，必須從零準備，也沒有足夠的信心能在台上獨撐兩小時，不敢把課集中一天上完。於是每週四、五，無論前一夜備課到多晚，我都必須早起，與通勤人潮擠將近一小時的捷運穿過盆地，到終點站的河岸，再換小巴上砲台埔，趕赴十點的課。也許是初次任課的壓力，加上自己仍是博士生，課程指定閱讀份量也不算輕，且不時有論文死線在催，當我終於結束一週任務，跳上車廂，呆望河對岸的觀音山次第後退，總覺得氣血阻滯，心神耗弱。某次課後回到永和，我再次踏入按摩店，當然不是沒有猶豫，但那時的我，只想暫時成為一塊沒有靈魂的肉，任人揉捏捶打。

「現在沒有師傅，我幫你吧。」爽朗招呼我的胖胖中年女性說。這次不需要脫衣，她只要我趴著，幫我蓋上毯子。

她問我哪裡痠痛。我答不太出來，含糊地說腰吧，背，喔還有肩頸。她說那就是上半身啦，然後按下計時器開始動作。她下手不重。雖然按到痠痛處還算舒服，但即便是沒有經驗的我，也能感覺不是很有章法。哎呀算了，至少沒像台南那次恐怖。她用力按壓時我憋住氣，放鬆則緩緩吐息，像換氣練習。重複十幾次後，心跳呼吸已漸趨和緩，但意識仍在吟味「現在沒有師傅」的意思。

按摩三十分鐘三百元，我到大學兼課，鐘點費五百七十五元。但交通費、備課及通勤時間必須自行吸收，若是加上疲勞恢復，隱藏成本又更高了。現在沒有師傅，那她是誰？不得要領的手法忽然又讓我在意起來。但回頭一想，我也是菜鳥講師啊，每次站上講台都很怕被學生看破手腳，還是別為難彼此。三十分鐘結束了，她給我倒茶，說下次來先打電話，幫我介紹好一點的師傅。

後來我又去了幾次，才知道她是老闆娘。偶爾跟店裡的師傅學幾招，客人要求女師就上場。她的先生後天視障，是這間店的老闆。老闆的功力不錯，但很厭惡別人叫他掠龍的，常大聲糾正客人說自己是「理療師」。不過比起按摩，他似乎更熱中研究彩券。我不常給老闆按，因為他說肩頸放鬆焉用牛刀，有落枕、閃到腰、坐骨神經痛之類的急症，再請他出馬。老闆娘介紹的師傅參差不齊，很吃運氣。遇到小高師傅後，我大多都指定他。小高四十多歲，戴細框眼鏡，頭頂微禿。他的身形單薄，手卻很有力，能以極快的手速精準按壓穴道，像自動化機械。必要時他會跳到床上用腳跟踩踏，或施展華麗技，拗折我的身體。

在小高的調教下，早先的陰影已淡去，但沒有想到按摩甚至成為此後相伴十多年的必需品。按摩時我給自己兩個要求：一是可以低聲呻吟，但絕對不叫出聲，隔著布簾表情多扭曲都無妨，但叫聲太難聽大家都聽得見。二是不讓自己完全睡著，睡著意味著放鬆，卻也失去了意識，按摩的快感不正是依附意識而存在的嗎？睡著簡直浪費自己的辛苦錢。為了保留起碼的意識，我的心神常飄離肉身去想一些不著邊際的事，例如：按摩是什麼呢？是老闆說的物理治療，或其實是一種近似驅魔的神祕經驗？我沒有結論。但當師傅將力道以指腹或肘尖加壓貫注，穿透筋肉表象，直探我不輕易袒露的痠楚，我總覺得他們像某種媒介，透過身體的接觸交換，將客人體內積蓄過度的電荷排引出境。又如：我猜師傅們多有一套避免職業傷害的機制，但他們又如何消除自己的疲憊？年過三十歲，我不得不感受到身體的存在。年輕時徹夜歡唱、趕論文，天亮聽鳥叫入眠，也不覺得有什麼了不起，現在則需要更多時間復原。我問過小高，他說回家睡一覺就好啦。小高少說大我十歲，如果睡一覺就好，地球上也不需要按摩師傅了。

我到店裡的時候，小高不一定在。我才知道，這間店除了老闆夫婦，並沒有人專屬駐店，算是提供工作空間與客人仲介，師傅再與店家拆帳。也難怪，每次出現在店裡的師傅都不太一樣。即便是小高，也是老闆娘打電話說欸有客人喔，他才會騎著摩托車悠然出現。

在這裡按摩兩、三年，不知為何，我從沒想到要留小高的聯絡方法，也不知道他平時在哪裡做些什麼。有一次我飛到東京做研究，幾個月後回到店裡，卻都是沒見過的人。門口的男子問我找誰，我問小高在嗎？「小高？這裡沒這個人。」不久後騎車路過，店面已勻出一半給賣烤鴨的，後來按摩店也消失了。

找不到小高，我只好另尋店家，師傅不指定，隨緣。先體驗十五分鐘，若手法、力道喜歡，再出聲詢問名字。F師傅就是這樣認識的。初次見面的前三招，招招都下在關鍵點上，有庖丁解牛之感。才剛熱身，我已想請教他尊姓大名了。F師傅體格厚實，力道深重，手法精細且有條不紊，讓人在心情上也可以沉靜下來。他能用台語聊天，又是台南同鄉，根本各加一百分。由於不願再次痛失英才，我向他要Line直接聯繫。中間他跳槽去別家店，我也跟著去，一、兩年後又隨他跳回來。他沒進店裡時，我也到他家按過幾次。回頭一算，我竟跟了他整整八年，至今仍持續著。也因為這樣，請原諒我不能透露他的名字，我不希望預約按摩還要排到三、五天後。

跟著F師傅的頭兩年，是寫博士論文的時候。因為久坐，腰臀的加強當然是重中之重，肩頸背僵硬也是老症頭。但他會故意捏我的手臂說：「我來臆你這禮拜寫偌濟字。」有一回論文之神上身，進度大爆發，三天寫了四萬多字。他一捏竟說：「哎喲軟쁜쁜！你按呢寫無夠啦，進度傷慢。」寫按呢閣無夠？

我差點飆出髒話來。但博論階段最能即時掌握我進度的，就是F師傅了。畢竟我結束完整的一章，才會恭敬地向指導教授及文昌帝君報告，那大概需要三個月或更長的時間吧，而我兩、三週就找F師傅一次。雖然弱視的他始終看不清楚我的長相，但兩年下來，也把我的身體摸透澈了。最終這本論文，我寫了將近五十萬字。

用身體的徵候臆測客人的職業或生活樣態，順口詼(khue)個幾句，似乎是師傅們的小趣味。相熟的學弟A君抱怨，某次他從編輯部下班按摩，被師傅說：你是不是都沒在用腦？讓他氣得要命，此後再也不去。我的博論完成後，沒有進度可猜的F師傅只好轉換話題：「你最近哪會瘦卑巴？有去公園運動？」我說無啦遮無閒，哪有時間。下次他又說：「你哪會像歕雞胿變遮大箍？食好料喔？」我說聽你咧烏白講，哪有人一時仔肥一時仔瘦。不過師傅說，我在他的客人裡力道吃重排行Top 5，這大概可信。有一回出差台中，友人R相約按摩。哇，大廳氣派浮誇，真不愧是台中。師傅的技術也相當不錯。十五分鐘後，我循例問師傅的名字，他卻堅不透露，說我的身體太厚，力氣省下來可以多處理兩個。「你還是留在台北按啦，不要來找我比較好。」我向F師傅抱怨，他說那位師傅毫無職業道德。我大笑，「是因為伊叫我轉來台北揣你？」他說毋是啦：「人客問名是一種肯定，阮做師傅的袂當按呢。」

按摩師傅的工作好像薛西弗斯。我上床趴好後，F師傅會花點時間確認筋骨的位置與肌肉狀態。他常邊摸邊喊夭壽喔悽慘悽慘，到底發生啥物代誌。「毋是頂禮拜才共你撨好勢？哪會遮爾仔緊又閣硬迸迸？」他說以為教書就是靠一支喙，沒想到會這麼操。跟著他按摩的這八年，歷經寫博論、至親驟逝、失戀、求職的地獄輪迴，教書、結婚、大疫，轉眼我也四十多歲了。而包含在這些大項中的那麼多事，我不見得跟他說，況且趴在按摩床上也只想放空。但透過身體，或許他都感覺到了，也替我分擔了一部分。甚至他也察覺到我不自知的歪斜，一次又一次替我調整回來。有一回生日去按摩，師傅加了半小時給我。但他說他頂多做到五十五歲，過幾年也許就按不動我了。

婚後三年間，疫病乘空氣不斷蔓延。按摩店開開關關，有一陣子乾脆歇業休息。即便F師傅傳來班表，我也不敢出門。大疫當前，只能暫先各自保重。

每天待在家的日子其實並不輕鬆。課程還是要上，只是改成遠端。論文、稿件、活動與會議也沒有真正停過。腰臀痠痛的情況，說不定還大於以前在外面走跳的時候。不敢出門按摩，我轉而向欣求援。欣雖然覺得我煩，但還是勉為其難幫我按。從前爸媽也是這樣。爸會趴在床上，故意「喔喔喔」發出痠痛的呻吟，媽都說討厭，卻不會無視爸的撒嬌。按摩結束後她會拍爸的屁股一下說好矣啦。

解封後，我問欣要不要也去給F師傅處理一下？欣說不要，她的身體不喜歡給外人碰。於是我有時也幫她服務。欣讚嘆：原來你平常給師傅按這麼爽！

我轉述給師傅聽，「我綴你掠遮久，總是愛偷學幾步啦。」

「嘿嘿當然的啊！」師傅有些得意。他說來，側躺。壓一下歪掉的髖骨。

跟著師傅這麼久，但他遲早要退休，賃居的我有一天可能也會搬離這裡。雖然可以特地回來，騎車、搭捷運甚至高鐵都方便。但落枕、閃到腰把Line當一一九即刻救援，或在按摩後能恍恍惚惚散步回家，恐怕是必須珍惜的緣分了。

微暗的靜默中，頑皮豹的片頭曲驟然響起，我知道那是計時終了的聲音。師傅要我正坐起來，雙手抱頭。他繞至背後架住我，用胸腹抵住我的龍骨。確認穩妥後，他說：「來，深呼吸——」然後一個勢上拉。

我睜開眼，彷若元神歸位，整個人又重新提綱挈領起來。

輯三　夢中婚禮

騎車

我喜歡騎車。北上二十多年，我去哪裡都騎摩托車。但這不是什麼南部人的習性，大學放榜到開學，不過一個多月時間，急忙借車練個幾圈考駕照，就準備上台北了，所以習性完全是後天養成的。其實北部大眾運輸方便，摩托車並不真的那麼必要。但南部新生座談會時，南友會的學長說：宿舍距離學校很遠喔，沒車就會一直想蹺課，然後人緣差，交不到女朋友，奉勸各位審慎思考一下。我也想買機車，感覺沒事騎著四處晃很自由，所以回到家就跟媽轉述原話。雖然後來發現，宿舍到學校步行只要十多分鐘，真正使之遙遠的是睡意、是不想上課的心，人緣與女友都是人的因素，跟摩托車沒什麼關係。

開學前，爸帶我到二手車行買車。我挑了一輛順眼的赤紅色豪邁奔騰一二五，叫它赤兔馬。我當然沒有自比呂布的意思，而且我騎二手的，充其量只能是關羽。大學時期，我不太去學校上課，許多青春時光都是在馬背上度過的，簡直北方的遊牧民族。除了日常移動，心情好、或者不好，油門催落，就往淡水沙崙衝。當時五月天有一首歌很流行：「行到淡水的海岸／兩個人的愛情／已經無人看／已經無人聽／啊～啊。」頭一次失戀的我，常迎著風邊騎邊唱，用長長的路，思考愛人為什麼要離開。室友問我怎麼沒來上課？我說去海邊療傷。

療傷一定要騎車。搭捷運、火車或是客運統統不行，因為海邊不是目的。就像跑步，終點本身沒有任何意義。我喜歡騎車，混亂時，或需要一個人安靜思考時，就出門騎車。在速度與風切聲中，與其他不認識的人同行一段，或錯身而過，維持安全距離，是最自在的狀態。每個人只專注在自己的航道上，可以沉默、可以哭、也可以哼歌，這是個移動式的個人包廂。可以思考，但也不能太專注於思考，至少要留三分意識留意行車安全。思考時適度分心是必要的，特別在悲傷的時候。

有時吃過早餐，看天氣晴朗，會想帶一瓶可樂到和平島喝，感覺對了，彷彿聽見有一組旋律在暗示我要出發。為什麼悲傷到淡水，晴天去和平島？也許因為基隆多雨，一旦天晴，便宛若天賜，不如撞日就衝。當然在更多時候，騎車並不因為心情好壞，不過是日常移動。如果不知道晚餐要吃什麼，就跨上摩托車再說。

赤兔馬一路陪著我到博士畢業、與欣開始交往，才在某個颱風過境之後壽終正寢。我在臉書發文悼念，不久收到大學社團友人Ｗ來訊：我的車給你吧。我訝異。他說他想換車，但老婆屢次不准，「你的車壞得很剛好。」老婆Ｈ是社團學姊，大學時期就很照顧我。學姊明知Ｗ的陰謀，但還是勉予同意。交車時，學姊說要追加一個條件才肯放：車頭的柴犬貼紙不准撕掉，因為很可愛。

我繼續騎著這輛七歲的銀色小柴犬上山下海，如今又過了七年。說是小柴犬，其實車有點胖，而且很重，應該叫它胖柴才對。特別是尾座很高，還加裝一個小靠墊。欣每次上車，我都要把車微微側著，並借她一隻手臂，才好使力攀爬。交往階段，我們騎胖柴去了兩、三次北海岸吹風吃蟹。北海岸不算近，從永和出發至少要一個半小時。欣問搭客運不行嗎？我說不行，騎車才有青春的感覺。欣說她只覺得腰痠屁股痛，哪有什麼青春的感覺。

最後一次衝北海岸，胖柴在外木山熄火，怎麼樣都發不動。但在我們看了半小時的海之後，它像睡了一覺忽然醒來。騎到野柳時，已幾近過午餐時間。我們吃了一隻鮮甜飽滿的大花蟹，然後到地質公園吹海風，看奇怪的石頭。回程時，我忽然不打算由原路折返，想繼續往金山、石門、三芝的方向騎。欣皺眉抗拒。我說：走原路不是很無聊嗎？

傍晚三芝往淡水的路段很塞。油門煞車交替，手痠得很，且路肩坑坑疤疤，不只是欣，我的屁股也差不多快麻痺了。將近八點，終於過了淡水區界。我們在麥當勞停下來吃晚餐，舒展筋骨。我跟欣講起大學時代衝淡水療傷、到和平島喝可樂的往事，今天這樣繞北海岸一圈經淡水返程的瘋狂舉動，即便十八、二十歲的我也沒幹過。欣冷冷地說：「但你已經快要四十歲了。」

這一趟路，宛若青春的畢業旅行。之後雖然還繼續騎車，但就不曾跑這麼遠了。也許是人近中年，我開始吝惜身體，不僅不騎車遠行，也在意起天氣。朋友說我是氣象台，沒看過有人那麼頻繁轉發天氣變化資訊。我說我討厭淋雨啊。其實我以前也在意，起床之後，總會站在宿舍陽台望著北方的天空與大屯山群，觀察風向與雲勢，以為自己是諸葛亮。後來更常看的是雷達回波圖的動態播放。當天象不佳，能否抓準時機閃過雲雨帶的間隙，就靠它了。雖然我也不時猶豫要不要改搭捷運，或乾脆攔計程車。

胖柴是靈敏的天氣感知器。每當寒流來襲，特別是挾帶水氣時，它往往就發不動了，且近年愈發如此。有時騎到學校沒事，但課後變天，就只能暫且把它擱在停車場過夜。大安區寸土寸金，機車行非常稀少，得推去基隆路修，這是最麻煩的。

後來我們搬離永和，住上台地，開始搭捷運通勤。騎車二十多年，我很難想像自己有一天能不騎車，沒想到很快就適應了。捷運上可以做很多事，降噪耳機是通勤神器，但什麼都不做也是好的。出門保底七千步，就可以維持基本的運動量。進了站體可以遮風避雨，我也不用那麼在意天氣。於是我不太看雷達回波圖了，取而代之的，是捷運線路圖的應用程式。雖然車班與轉乘還不熟悉，但時間與路徑都可以計算、規畫。幾週下來，我已經可以不依靠程式輔助逆推出門時間。只要在幾點幾分搭上某一班車，我就可以靈肉分離地通勤，優雅從容地走進校門，在鐘響時準時上課。

久而久之，我漸漸習慣這種可計算的生活，卻偶爾覺得好像少了什麼。有天趁著沒課，想騎車載欣到地圖上熱鬧一點的地方午餐，胖柴卻發不動，我們又懶得走路，興致全消，就近草草吃個便當解決。其後我又忙了幾週，才終於找車行來修。老闆問我多久沒騎？我說不記得了，也許一、兩個月吧。

老闆離開前忽然回頭，要我沒事多騎，才不容易壞。

我心裡惦記著，但點對點的通勤生活，不小心就落入了慣性。

某天不用到校，風和日麗，我想起了北海岸。但台地比永和更偏遠，當然不可能從這裡奔殺過去。重點是騎車。「走啦去晃晃。」我跟欣說。欣問去哪？我說先騎車再說。於是我們出發，沒有設定目標、路徑，離開捷運站，離開平常步行可及的距離，自由自在地移動。好久沒有這樣了。我們沒有到太遠的地方，只晃了一個小時左右。帶著好奇與餘裕，讓胖柴載著我們四處遊晃、張望，一點一點，認識台地生活的新風景。

偽單身放風計畫

「你該不會在大稻埕？」

我在慈聖宮旁的小巷停妥車，掛好安全帽，就收到妹妹的訊息，嚇了一跳。那天是通識課的最後一回。我為課程做了總結，再次提醒期末報告的繳交時間，就放學生下課。午後的陽光正好。雖冬至已近，但離天黑還有一段時間。

課程結束了，仍有許多待辦事項在排隊。走回研究室的路上，我在腦中快速盤點待會要到國家圖書館印的資料清單。年底提計畫的時間就要到了，許多學生的論文又要口考。但前些日子諸事不順，也提醒明年犯太歲的我，得找空檔去一趟慈聖宮。哎呀年末很忙呢。欣昨天有事回娘家，今天剩我獨自晚餐——擇期不如撞日，索性乘著陽光到大稻埕拜拜兼放風，吃點東西，再繞去國家圖書館待到閉館，重溫單身漢自由放任的生活。這完美的計畫，豈知在第一站就被抓包了。「吼，都不能做壞事啦。妳在哪看到我？」

妹妹回訊說只是隨口問問，沒想到真的在。

「我要去慈聖宮點燈，要一起嗎？」

「好啊。」

我們兄妹倆北上這麼多年，在路口巧遇，這還是第一次。妹妹提著行李落腳淡水水源街時，我已經大四了，住在濱江市場旁的男子宿舍。雖然不能算近，但兄妹同在異鄉，也盡量找機會相見。我們喜歡趁見面時打電話回家，讓媽知道我們在一起。考上碩士班後，我搬到溫州街、大學口一帶。那時我有家教工作，妹妹來若是遇上發薪日，就帶她去吃一頓好料的。畢業後，我回台南服役，留妹妹一個人在台北讀研究所。幾次有事北上，就到她賃居的小套房打地鋪聊天，順便幫她論文咪挺。念博士班時我再度回到台北，學校在木柵，太潮濕了我不喜歡，乾脆與妹妹在永和租房子同住，第二年還養了摸摸。那時妹妹畢業正準備踏入職場。記得面試前，我還帶她去挑了幾件正式的衣服。五年後，妹妹在慢跑社團遇見了愛人，嫁去三重埔。期間，我申請計畫飛去東京做研究，待了幾個月，又回永和寫博士論文。

又過了五年，我結婚了，也有了學校的工作。

倏忽二十餘年過去，我們都是中年人了。

幾分鐘後，妹妹一身黑色運動勁裝，現身對面路口。穿越馬路時，她紮起的馬尾在棒球帽後輕快擺動。

「妳今天不用上班？」

「我下午請特休去健身房，順便去行天宮求籤，然後來大橋頭按摩。」

「喔，我問了工作，大凶。」妹妹補充。

遇見心煩的事往行天宮跑，是我在大學宿舍生活養成的習慣。入學第一個冬天，幾位室友聊起近期的衰事，覺得似有一股不祥之氣籠罩男二舍，隔壁房的同學也喊聲附和。「去行天宮給阿婆收驚吧，」學長說。「宿舍近濱江市場與榮星花園，人多。過去是殯儀館，然後是行天宮。你們看喔，」他拿出地圖手指民權東路，「人間，冥界，神域，都在一條路上。」依學長建議，我們組成收驚小隊共五、六人，從宿舍出發。慢慢穿過市場的人流與花園幽徑，路過冥界，然後跨過行天宮的門檻，進入神的領域。拜亭前，藍衣阿婆們的收驚服務開了好幾條線，宛若大規模的義診。我們怯怯地加入隊伍尾端，觀察前頭儀式如何進行。輪到我時，阿婆先詢問姓名，用香炷在頭頂、前胸、後背以及兩肩來回揮動，念念有詞，最後以「平安」作結，我也合十道謝。待幾位室友都完成儀式，我們重新帶著也許已被稍稍安頓的三魂七魄，再次路過冥界，回到煩擾的人間。

我也不知收驚是否有效，還是心理作用，但三年後妹妹來到台北，我也帶她來給阿婆用香炷繞一繞，當作入籍的報到儀式。她初次工作面試前，我們也來這裡祈求一切順利。

問事抽到大凶，妹妹似乎有些在意。我說，待會可以問媽祖娘娘。

「問過恩主公又問媽祖會不會很沒禮貌？」

「不會啦，祂們人很好。不然妳跟著我拜拜祈福就好。」

我向櫃台買了兩套香燭金紙，到一旁點香。然後帶著妹妹，從主殿的天公爐、天上聖母，西偏殿的觀音佛祖、三寶佛、註生娘娘，東偏殿的文昌帝君、關聖帝君、福德正神、月老、虎爺、太歲爺，到後院的龍井公全部拜了一輪。最後，我們回到主殿點燈。妹妹說她沒來過慈聖宮，只記得我的臉書很常在這裡打卡。「其實我最初也只是論文寫煩了，騎車亂晃，到廟前吃東西。」我說。「但只吃不拜，總覺得似乎對神明有些不敬。後來乾脆定期來向眾神報告博士論文進度，順便祈求全家和樂健康。」

廟務用硬筆正楷將我的姓名、生辰、地址一筆一畫謄在登記簿上。輪到妹妹時，她說不太確定自己什麼時候出生。我說好像是半夜十一點多。

「是喔，你怎麼知道？」

「我是妳哥啊。媽說妳在她肚子裡拖了很久，她很痛。」

廟務快速工整地在簿子上寫下子時。

「晚上要一起吃飯嗎？老婆回娘家了。」

「你欺負人家喔。」

「哪有。走啦吃晚餐，看妳有什麼願望。」

妹妹說好。小孩公婆會去接，她只要在七點前買便當回家就好。

「好久沒吃薑母鴨了，」妹妹許願，「這東西老公小孩都沒興趣，又無法一個人吃。」我提議，乾脆升級紅蟳薑母鴨，行天宮附近有一家。「兄妹巧遇吃大餐，理由十分正當。而且老婆不在家。」我說。

她不太熟練地跨上我的摩托車後座，笑得很開心，像是要一起去幹什麼壞事。

妹妹已是兩個孩子的媽了。想想已經很多年沒有這樣騎車載她。

「你記得很久以前你騎車從台大還是哪裡載我回淡水嗎？」

「我有這麼閒？超遠欸。」

「有啦有一次，但你後來大概都只載妹。」

我笑笑沒有說話。雖然我喜歡騎車亂跑，但送她回遠得要命的淡水，真是不可思議。而且我還得一個人再騎回台北市區，那是年輕時才有的不計成本的浪漫吧。

但我也沒有想到，二十多年後，中年已婚的我們還能這樣騎摩托車穿過大稻埕的小巷，晃蕩在近下班時間、車流量多的民生東路慢車道。號誌燈讓我們走走停停，卻沒有打壞偽單身放風計畫的高昂興致。我們穿越松江路口準備待轉，往北不遠，就是行天宮了。望著眼前這段在不同的人生階段一起走過的路，我忍不住想：最一開始也許是我照顧妹妹，但在她出社會工作以後，是她照顧我比較多。我博士班讀太久，收入不穩定，不時得靠她應急。她了解，所以不太計較，雖然免不了偶爾抱怨。我也知道這個哥哥不太有用，但聽到脫口而出的話，還是覺得受傷。爸曾私下跟我說：以後你有工作，自己要主動多出一點。「知啦，」我說。我一直都知道。

妹妹婚後不久，媽就過世了。不知不覺中，我似乎扮演起某種「娘家台北支部」的奇妙角色。有一天早上我收到她的訊息，問我睡醒沒？能不能帶早餐找我一起吃？我說好啊。我剛從東京返台，在永和重新落腳。不久，她就穿著ＯＬ裝、拎著早餐出現在我套房門口。「妳穿這樣跑來找我吃早餐？」我疑惑。「我本來要去上班啊，」妹妹說。「但出門後不知為何覺得很累，臨時決定請假，可是也不想回婆家。」原來如此，歡迎光臨，正好當作入厝趴。用過早餐以後，她說好睏，問我的床能不能借她躺。可以啊，我說。「不過妳要等我一下。沒有枕頭不好睡，我出門買。」但我身上只有兩百塊。懶得繞路去領，我回頭對她做了一個賴皮的鬼臉。妹妹很乾脆地掏了張千元鈔票給我。半小時後枕頭買回來了。她已睡到不省人事，喊她也沒反應。原來工作與結婚是這麼累人的事啊，我心想。過了午餐時間，妹妹終於醒來。「好睡嗎？」她說還可以。「不過你這間旅館好貴。入住還得自備早餐與枕頭。」

當媽之後，妹妹偶爾也來找我。她大方請假，把小孩寄在托嬰中心，就到我的套房講垃圾話、躺她贊助的枕頭。每次我說小孩可愛，她都說你喜歡就送給你養，不用急著還。寫博論期間，書與資料愈堆愈多，能躺的地方愈來愈少，變成了膠囊旅館。「服務不好請見諒，」我說。但妹妹不太在意。能夠暫時拋棄工作、小孩、丈夫與公婆窩藏在這裡，度過彷若單身的兩、三個小時，似乎就足夠了。

媽在世時，我曾問她年輕時有沒有什麼夢想？她說把你們兄妹照顧好就是我的夢想啦。聽她這麼說，我心疼不已，她應該也有很多自己想去的地方、想做的事吧。如今她自由自在了。雖然我們一直帶著她的照片四處移動，也把她放在心裡。

不用打電話，她應該知道我們兄妹今天相聚了吧。

抵達薑母鴨店時正好五點。內場已大致就緒，櫃台也站了兩、三個人候位。輪到我們時，帶位人員說沒有訂位只能幫您安排在換桌空檔可以嗎？最晚吃到六點半。此時妹妹的電話響了，幼稚園老師打來說弟弟脖子扭到了，一直哇哇大哭。

「怎麼樣？要趕回去嗎？」

「應該不用啦。」妹妹說。「不過我們只吃一個小時可以嗎？六點走。」

我看著店員熟練地用鐵鉗送來炭火盆，擺上陶甕，思考了一下妹妹剛才的沉穩。她低著頭，似乎正在傳訊息交代事情。不一會兒，甕裡的湯汁已洶湧沸騰，升起白煙。店內幾乎要坐滿了，櫃台電話也響個不停。瀰漫的煙霧中，我們舉蘋果西打乾杯。

「歹勢啦，讓你吃這麼趕。」妹妹說。

我們對視苦笑。

冬令進補的旺季，我們用一甕滾燙的薑母鴨，外加一隻蟹黃飽滿的紅蟳，總結這趟不期而遇、又臨時起意的偽單身放風計畫。六點鐘的民權東路擁擠不堪，公車牛步，計程車也不好攔。我載妹妹鑽路肩走了一段，放她在捷運站下車，互道保重後解散。然後獨自左轉林森北路，脫離往三重埔的可怕車陣，直奔燈火通明的國家圖書館。

夢中婚禮

媽走後的幾個月，我夢見我要結婚了，她趕回來參加婚禮。夢中我們都知道媽已經不在了，她卻向天借了自己的形體回來。不愛運動的她，要很努力踩踏一架類似飛輪車的裝置發電，直到燈亮了，才能穿越陰陽回到家人身邊。夢中我們一起參加典禮，開心自拍。她還換上當年結婚的禮服，與爸再拍一次婚紗照。典禮結束後，全家人一起回家煮飯，餵貓吃罐罐，度過美好的一天。夢醒後，我坐在床上哭了一陣子。當時的女友打電話來，我說了這個夢。她問新娘是誰呢？我說不記得了，只知道是婚禮，媽有回來。她似乎不太滿意這個答案。但是我想，除了她不會有別人吧。彼時交往不久，我到東京做研究，她和家人一起到機場送機。一年後妹妹的婚禮、媽的告別式，她也參加了。只是，我們終究沒有走到結婚的那一步。

想來我骨子裡是個濫情的人吧。媽走後，偶爾在KTV唱到情歌，觸動了我，就會把歌記下，加入未來的婚禮歌單。參加別人的婚禮，也總是當作見習，並在心裡默默排演：若我成為主角，要不要請熟識的學弟A擔當台語主持？小時候的照片還在嗎？新郎要不要說話？當我回神，看見雙方父母偕同新人進場，這一刻總是讓我熱淚盈眶。倒不是為了朋友成婚而感動，而是我總忍不住想：媽也很希望看到這一幕吧。如果她在，不知道會笑得多開心。

媽過世前兩個月，才參加了妹妹的婚宴。媽是不喜歡社交的人，與不熟識的人同桌，總是客氣而尷尬。她也不愛拍照，忘了什麼時候開始，拿相機對她，她總是慌忙閃躲。但是在妹妹婚宴那天，她神情愉悅，穿著不久前與爸到老城區特別購置的設計師款洋裝及棗紅色小外套，別上胸花，在鏡頭前落落大方。

那大概是媽少數幾張面向鏡頭的近照了。布置靈堂時，我只能從那天的照片選出一張，作為她告別式的最後身影。

夢中的那一場婚禮，我在心中預演多次，卻不曾舉辦。

與欣決定結婚時，我們只在賃居地的市公所辦理登記，請證婚的兩位摯友L與N夫婦到北海岸吃了一桌海鮮，就算完成儀式。倒不是一開始就打定主意不辦婚禮，我們知道丈母娘有期待，只是我和欣並非重視形式的人，且疫情起伏難定，加上忙碌，此事也就暫且擱置。後來丈母娘說：「不辦也沒關係啦，不要讓你們年輕人那麼累。」我們一度懷疑有沒有聽錯，卻也鬆了一口氣。結婚週年前夕，我們趁著給欣的奶奶祝壽回到台中，參加家族聚會。大伯母為欣畫個淡妝、戴上俏皮的皇冠與頭紗，讓我們在親族的見證下正式拜別父母，婚禮一事算是結案。

欣不曾與媽見過面。媽在世時，我大概也沒有提過她。我們就讀同一間研究所，甚至還是同一位教授指導，算是同門師兄妹。但我博士班入學時，她已把碩士學分修畢，幾乎不在學校出現。認識七、八年，我們至多就是偶爾在國際書展、座談活動見面的臉友。打過招呼後，就不太知道說什麼了。寫博士論文的最後階段，共同熟識的L邀大家到家裡聚餐，我正好完成重要一章，出門放風透氣。當時她在桃園某地方文化館工作，下班後也來了。朋友家書多，她蹲在書櫃前隨意瀏覽，取下一冊，坐到電暖器旁津津有味地讀了起來，也不管其他人正起鬨著要直播烤烏魚子。愛吃如我，自然跟著到廚房湊熱鬧。烏魚子烤好了，發出高粱的迷人香氣。眾人如抬轎般簇擁著烏魚子走出廚房，她還坐在客廳看書。

「劉承欣來吃烏魚子啦，看什麼書！」L喊她。

交往之後，我偶然提起此事，說覺得她看書的樣子有點可愛，才去找她講話。她抱怨，L老是把一堆熟的不熟的人招在一起，根本莫名其妙。她沒電視可轉移尷尬，只好看書。

「不過妳一開始超難聊的啊，」我說。「根本南寮漁港。」

託L的福，我們莫名地走在一起，並在他與N的見證下登記成婚。不知是不是巧合，L家聚餐那一天，正好是媽的生日。欣的生日也在幾天之後，說來同樣是水瓶座。夢中婚禮那位面目模糊的新娘，我想並沒有特定指涉誰，因為媽說過，無論我愛誰，她都祝福。

如果媽還在，我想我會很樂意介紹欣給她認識。

雖然已經無法實證，但我總覺得她們會合得來。兩個都是慢熱、不愛社交的人，但相對來說，也沒那麼多的修辭與表演，以及不必要的勉強。最初當然是勉強的。畢竟再怎麼說，除了我這個連結之外，她們本是陌生的兩個人。不過，她們都愛看電視，我想這會是很好的媒介。不必四目相對，刻意聊天，不知道說什麼的時候，只要繼續看電視就行了，還可以暫時離開去切水果。媽愛看什麼節目呢？生活實用小智慧的節目似乎是她的最愛，但那也許是不自覺內化的主婦人設所致。美食節目也看，雖然不像爸的嘴特別刁，但看到感興趣的店家，兩人相偕前往、嚐鮮踩雷，也是老夫老妻的生活情趣。她也愛看韓劇，倒不是迷戀美形歐巴，她更喜歡《大老婆的反擊》之類的狗血劇，邊看邊說韓國人很奇怪，沒事總愛找人談心。媽大學是讀韓文系的，只是當時韓風未起，難得她領先潮流數十年，卻苦無發揮餘地。每次播韓劇時跟她講話，她總是看到出神，僅哼聲敷衍我，想到後才突然轉身過來問我剛剛說什麼。欣看電視時也是這樣。交往後，我邀她到賃居的小套房坐坐，起初她還翻書、跟我聊天，後來往往就是看一整個下午的電視，天黑一起晚餐，再讓我送她去搭區間車回中壢。

同住之後，欣第一件想買的家電也是電視。

婚後回台南過年，我也總是想像，如果媽在，我們三個人會一起散步到傳統市場買菜，就像小時候媽出門，我與妹妹總是愛哭愛綴路那樣。出了市場，如果遇上賣茶葉鳥蛋、或洋菜凍的小販，我會買一袋回家，告訴欣那是我曾經以為世界上最美好的滋味。然後我們三個人會一起洗菜、備料，準備在除夕夜大展身手，端出溫暖豐盛的石頭火鍋。我也希望向媽學做幾道來不及學的年菜，我與欣當她的二廚，讓她知道在疫情的磨練下，我們也能自煮自食。當然，媽也可能大手一揮，叫我們去客廳看電視，廚房的事她處理就好。爸現在就是這樣對我們說的。當她們兩個人漸漸熟識、親近，我也想聽聽欣會怎麼對媽抱怨我。對理智的欣而言，我是過於任性的人：做自己，不聽勸，荒唐乖謬，感情用事。對媽而言爸似乎也是這樣，不太在乎傳統慣習，雙重標準，固執，想做的事一定要做。媽的抱怨，這麼多年我也聽了不少。曾經我以為自己比較像媽，內向感性，謹慎多慮。媽說我們A型的人比較聰明，不要像你爸，做事瞻前不顧後。但是爸說這叫作膽識啦。長大後，我身體裡爸的基因似乎活躍了起來，成為顯性的存在，有時甚至比爸還衝。爸畢竟在商場打滾，深知人情世故，他的任性只留在家裡，雖然是甜蜜，卻也讓媽吃了不少苦；我的任性就不太受控了，儘管近年遭遇了一些事，不得不收斂起老是亮在外面的銳角，當了老師後，也必須承擔責任，學習不讓情感先行，不過在欣看來，我四十歲了卻還像個小孩一樣，易哄難教。

「妳對我很嚴格欸。」有一次我忍不住申訴。

「你是不是沒有被要求過？」她給我一個白眼。

如果欣趁著備料跟媽抱怨我，媽會怎麼回應呢？會苦笑地說他跟妳公公愈來愈像，或是哈哈大笑叫我自己來謝罪解釋呢？

想像歸想像，與欣交往時，媽離開已兩年餘了。婚後，每年媽生日，我都會帶一個小蛋糕回來，煮一壺紅茶，放在媽的相片前，與欣雙手合十祝她生日快樂，邀她一起享用。記得有一次，我講沒幾句，忽然情緒一滿，泣不成聲。

欣抱了我一下，接續著把我沒說的話說完：「媽，元元很想妳，妳要保佑我們哦。」

那是她第一次跟未曾謀面的婆婆說話。

媽在天上都聽到了吧。

最後一次見到媽，她已在加護病房。雖然事出突然，但看她能夠睜開眼睛看我們，意識清楚，我稍微鬆了一口氣。我說媽不要怕，我跟妹妹都回來了，我們都在。她流下眼淚。我說妳要加油，我們會做好該做的事、照顧自己，妳好好休養，快快好起來。她搖搖頭，好像想說些什麼，但含著呼吸內管不好說話。我說沒關係我來猜猜。妳是不是想說……，我連說了幾個她平常會叮嚀我們的事，爸爸與妹妹也加入猜謎，但她還是搖頭。我急了，探病的時間就要結束，我說，媽，我們愛妳，好好休息，明天一早再來看妳哦，晚安。她沒有言語。在冷調的白熾燈下，我沒有看漏她的眼角閃著淚光。

轉身離開病房時，儘管不捨，但我們真心以為過了今夜還可以再見。

最後媽沒說出口的話，我想了很久，也懊悔了很久。

媽也許只是要說：我要離開了。

但我害怕聽見，只好假裝不懂，繼續猜著錯誤的答案。

媽走後，我夢見要結婚了，她趕回來參加。也許這就是她想對我說的話吧。

於是夢中的那場婚禮，我不時在自己的心中反覆預演。像古埃及人製作木乃伊，期待逝去的人有一天會再次降臨，重新復活。

然而我也害怕。我光是想到未來婚禮進場，若只有爸一個人牽著我們的手、孤單站在台上，就難過得不知道該怎麼辦才好。我也擔心，屆時整場婚禮，會不會就我一個人哭得最慘？這樣儀式還走得下去嗎？所以當丈母娘說婚禮不辦也沒關係時，我還真是鬆了一口氣。

但決定不辦之後，我也不能不在遺憾中，時時反芻自己的軟弱。

說沒有辦婚禮，或許並不是很正確。與欣結婚那時，我仍在師大兼課。登記之後的第一個上課日，我與欣到學校（我開新課，她有興趣就會來旁聽，學生們都認識這位年輕準師母），遠遠就看見一位學生站在教室後門。我問怎麼了？她說門鎖著，同學去找總務處處理了。過了一會兒，總務處還沒人來，門卻忽然開了。咦，不是說鎖著嗎？我帶著疑惑踏進教室，一看，裡面已有十多位學生。地上有用壁報紙鋪成的紅毯、有同學站在椅凳上用雙手搭成鵲橋，還有許多人高舉拉炮，蓄勢待發。他們在黑板上寫著「掉粉大會」，畫我與欣的圖繪、小叮噹、還有我最愛的甲殼類，貼著一個大紅色的「囍」字鑲金。這群學生太扯了啦。我回頭牽住欣，在歡呼聲中大笑前行，接受學生送給我們的驚喜與祝福。來到講台前，我已笑到流淚，但仍先設定好課程投影片，才拿起麥克風向學生致謝：「欸，你們超荒謬的啦。這是稱讚。」於是那一天，我就在鋪有紅毯、貼滿大大小小「囍」字的教室裡，上完三學分的戰前東亞現代主義文學專題、以及兩學分的日治時期台灣小說選讀。有些外系或遲到的同學搞不清楚狀況，坐立難安，卻又不知從何問起。我偷笑，不時與知情的學生們交換惡作劇的眼神。下課後，我與欣拆下黑板那個大大的「囍」字，準備帶回家布置新居。最小的一個，據說至今還貼在正四〇三教室的門板上。

完婚三年，我們終究沒有正式舉辦婚宴。這場由學生們緊急策畫、荒謬而溫馨的掉粉大會，成為我與欣唯一一次的紅毯進場。我在心裡反覆預演的夢中婚禮，沒有想過竟是由學生為我們實現。而總是讓我不知所措的那一幕，竟來得如此猝不及防，甚至也忘記了悲傷。

那一天早上，我牽著新婚的欣的手、在學生的歡呼與拉炮聲中大笑進場的時候，媽也努力踩著踏板，從遠遠的天上趕回來了嗎？

同居生活

常聽編輯朋友說，稿子送印前已校對無數次了，成書後還是難免發現令人悔恨的錯誤。我與欣認識多年，不是相親、不是閃婚，結婚簽字前也反覆喊著：「要確定喔！簽下去就不能跑喔！」但兩個人要進入同居生活，才會發現漏洞百出。別說校對了，連編輯體例都還沒有建立呢。

同居生活首要決定的就是床。床很私密、很體感。不像飲食習慣外顯，即便初次見面，也能直接請教有無偏愛或忌口的食物，萬一沒有共識，各挾各的，也相安無事；然而床不是，沒有走到同居那一步，是不好說的。睡覺當然也是各睡各的，夢不相連，但既然躺在同一張床，就是同床一命。決定結婚後的某個下午，我們到IKEA試床。「妳睡軟的還是硬的？」欣說不知道。家裡的床就那樣，躺了十幾二十年，沒概念是軟的還是硬的。我長年在外租屋，每換一處就睡不同的床。但我很好睡，軟硬似乎都不成問題。討論沒有基準，我們於是每張床都跳上去滾一滾，選了兩個人都覺得適中的一款。

幾天後床運來了，便觸發同居生活的第二個問題：誰睡左邊，誰睡右邊。這問題回溯過往的習慣同樣無解。一個人都嘛大字睡中間，哪有分什麼左邊右邊。好吧那猜拳？欣說想睡裡側，比較有安全感。我說好啊反正我大概比較晚睡，睡外側方便。協議達成，就暫且先這樣實踐。婚後我的睡眠神經一如往昔大條，欣早些上床，卻不一定很快睡著。我倒頭就呼呼大睡，六親不認，有時清晨因尿意醒來，發現身邊沒有人，走出房門，發現欣蹲坐在客廳看電視。「妳不睡覺在這裡幹麼？」欣說床太軟，睡不著，而且我打呼好吵。「會嗎？」欣說她睡不著就算了，聽我愉悅地打呼更是生氣。但偷打我的臉、捏我鼻子，我也沒太大反應。她只好離開房間，打開電視，慢慢等睡意降臨。

我也想幫她，但睡眠是別人無能為力的事，除非欣要我把她打暈。然而我發現：睡前我趴在一旁陪聊、打手遊、看職棒賽事精華，欣似乎比較容易進入睡眠狀態。聽見她的呼吸逐漸轉為濁音，發出微微鼾聲，就知道可以熄燈了。有時我還沒有要睡，但還是先回房裡「助眠」，再繼續我的工作。當然「助眠」可能也是雙向的，如果我也一起睡著，不那麼趕的工作，就起床再說了。

習慣床上彼此的存在後，飲食習慣也需要重新調校。欣來自中壢的外省與客家家庭，餐桌上必不能少的便是酒、禽鳥與蔬菜。每次回到欣家，岳父的紅酒、白酒、啤酒，丈母娘的雞酒、烤鴨，加上兩人一起栽種的菜，都是定番。我來自台南本省家庭，欣若南下，爸一定蝦蟹伺候，附帶府城小吃甜點連發，順便自肥一番。當然上述料理都是「盛情款待」，難以移植到我們兩人的家庭小餐桌；但飲食習慣的養成，都帶著原生家庭的基因，朋友們只要看菜色，就知道今天這餐是誰煮的。欣說家裡也吃魚，但甲殼類這種東西，往往請客才會上桌。

不過飲食基因不同，似乎也不成問題，反而豐富了彼此的餐桌，營養也比較均衡。至多只有我想網路購買澎湖海鮮的時候，欣會冷冷地說喂喂別自肥。關於飲食她倒是有三個抱怨：第一、明明三餐正常吃，我卻很常喊餓，或吵鬧說要吃飯後甜點。第二、我常興沖沖地實驗各種菜色，做完又不愛洗碗。第三、我不愛洗碗，卻又喜歡買各種碗盤。

第一個抱怨我無法解釋，只能說消化系統好，或乾脆用台南人飲食習慣來幫我背書。第二及第三個抱怨，就是同居生活的重中之重——家庭分工問題了。我雖然沒有男主外、女主內的傳統觀念，但一天到晚在外面跑、回家工作又爆量，就看上去而言，就會顯得家事都沒做。有一回欣說：

「你是不是什麼都不會？」

「我獨自一人在異鄉生活二十年，怎麼可能不會！」

可惡，她知道我這個人最禁不起激。

「那你就是擺爛囉？」

「沒錯！」

我們常為了家事的分配鬥嘴。欣為了紓壓，還創了一個「慌張主婦」的書法粉絲專頁，我不時登上頭條。朋友們看不下去，說要集資買一台洗碗機送我們。可惜房子太小，只能心領。丈母娘也專程來電，要欣粉專多提老公優點，平衡報導。欣勉強列了十點，但底下表情大多按「哈」，不知在「哈」什麼意思。

其實我也無意擺爛，只是兩個人的步調不同，輕重緩急也不同。

大部分的時候，欣覺得我是急躁的人。想做的事決定了、或是忽然在意起來，就會即刻要衝，否則就渾身不舒服。我的起手式是：「劉承欣妳怎麼這麼慢！」欣說我怎麼跟她媽媽一樣，生活被兩個射手座左右夾攻很累，彷彿一刻也靜止不下來。但有時我又異常悠哉，無要無緊(bô-iàu-bô-kín)，讓欣在一旁乾跺腳。我跟她說，小時候睡到一半滾下床，我就躺在地上繼續睡；東西掉了，我也不急著撿起來，反正它不會滾到其他地方去。不要讓自己慌慌張張，手忙腳亂，很不優雅。「我不是不做，是時候未到。如果妳比我急，妳就先做。」欣給我一個白眼，說今晚讓我上頭條。

同居生活，急與不急，總要有人做。洗碗我很被動。但不知為何，除濕機的水滿了，或是垃圾與回收物累積到一個量了，我很樂意主動處理。既然都要下樓了，那麼領包裹也就歸入我的業務範圍。洗衣晾衣則交給欣。乾了，就收進來一起折。洗碗採浮動分工。如果欣煮飯，原則上我洗，我煮飯就是欣洗。若欣睡了，我完成夜間工作就會去洗。家裡煮食，互相掩護，要是兩人都忙，就出去吃。但近期我們開始控制飲食，欣為了避免我自肥，嘗試削弱我在廚房的主控權與影響力。

欣創粉專後，很多師友、學生見到我的招呼語都是：「我每天都很期待『慌張主婦』更新！」所以我現在都以「慌張主婦的老公」自居。既然欣的廣大粉絲這麼期待，我只好犧牲一點，多多提供粉專更新的新鮮素材了！

多風地帶

終於我離開了永和，來到海拔兩百五十公尺的多風地帶。

出了捷運站，我預防性地拉高外套領口，戴上帽子。然後輕咳一聲，試圖緩解列車沿啞口坑溪谷向台地攀升所致的輕微耳鳴。我與欣各拖一只行李箱，在不甚平整的路面轆轆而行。深秋交屋後，我們花了近一個月的時間，利用無課的空檔兩地往返，該搬的東西帶走，能丟的則盡量捨棄。退租前一天，我們回到租屋處大掃除，睡沙發度過在永和的最後一夜。翌晨點退時，房東太太問我們搬去哪。我說上龜山。她詫異，並閃過一絲略略歉疚的眼神，彷彿聽見她的房客因自己的決定而被放逐到邊疆的不毛之地。「為什麼不考慮安坑或淡海？」我笑笑說：「離老婆中壢娘家近。」

不過說實話，若不是幾個月前與欣到這裡拜訪朋友，我也沒有概念上龜山是哪裡。去年初春，趁著花蟹季的末尾，友人C約我們到竹圍漁港走走，再回新居喝茶。開車往漁港的路上，鮮豔浮誇的建案廣告看得眼花撩亂。「剛剛我們搭機場捷運過來，沿線也有很多高層建築或工地呢。還架一塊T-bar寫著：「五十年不變，現在正改變。」C說喔那是塭仔圳啦，雖然看起來荒涼，但山下不便宜喔。C也不是在地人，兩年前定居台地，成為通勤族。我也藉機請教她文案裡的潛台詞，因為房東已預告年底不續約，剩下半年多的時間，我得找到下一個落腳處。

「也可以考慮跟我當鄰居啊，」C說。「雖然春冬多風多雨多霧，但房價相對凹陷，而且看得到完整的天際線。」回到台地，她熱心地載我們在捷運站附近繞繞，認識環境。空曠的台地風景，與仄逼陳舊的永和情調大不相同。車沿陌生的方向行進，望著窗外迷濛的雨，以及工地圍籬、荒煙蔓草、接待中心與嶄新街廓交替並陳的奇異風景，我對C的提議不置可否。畢竟自博士班起算，我已經住在永和十四年了。那裡的巷弄纏繞得像迷宮，但我已大致摸清，且有很棒的圖書館、以及不用點單的熟悉店家，即便忘了帶錢，也可以憑臉賒帳。欣一直不懂，為什麼我始終不願意斷念要繼續住在永和？明明又擠又貴，別處不是價格合理一些又更宜居？我開玩笑說：「長久待在泥巴水裡的魚，突然被丟到大海裡會不習慣啊。」欣說沒禮貌，泥巴水你還不是住得很開心。

我說對啊，是很開心，所以才不想走。而且我也抗拒通勤。

花蟹季後不久，我因公飛了一趟巴黎花都，在春天百貨(Printemps)買了一頂貝雷帽(Béret)。我沒有想到，原本只是買作紀念的貝雷帽，後來卻成為我在台地生活的標準配備。當然我也不會預料，幾個月後我會離開永和，應了C的邀約，與妻一同定居在這海拔兩百五十公尺的多風地帶。

為什麼離開永和？理由很簡單，若不想繼續租屋，只要多看幾間房子、跟銀行打過交道，就會知道即便不能斷定此生無望，現階段也絕無條件買在這裡。那麼何以不繼續租屋？哎，其實就是累了，被房東趕怕了。從前一個人搬還好辦，成家後搬根本災難，且每次毫不意外都落在最忙的學期末。體力的勞動固然可以麻煩搬家公司，但問題是根本無暇打包整理。前陣子邀妹妹一家來新居吃火鍋，剛滿八歲的外甥女問：「為什麼每次來找阿舅都住不同地方？」我苦笑說應該不會了，下次妳來，阿舅與阿妗還是住在這裡。

學期結束的六、七月，台地的霧散了，風和日麗，有時豔陽高照，露出一大片開闊的天空。我對續住永和的事幾乎斷念了。趁著暑假，我與欣開始往遠一些的地方跑，田調兼郊遊。想到C先前的提議，計算通勤時間後，欣也在房屋網觀察了好一陣子。幾次我們來到台地，就會問問C是否剛好也在。有時C也陪我們看屋，用在地住民或臨時虛構的人設，從旁向仲介代銷打探一些隱蔽的重要訊息。

看屋後的晚餐時間，C的男友阿煌偶爾也來。有一次開車下新莊，在西盛街一帶塞了好久才脫身。覓食時我說：「在北部掛台南招牌的都別輕易嘗試。」結果下個巷口就看到鱔魚麵，我忍不住停下來張望。欣說：「你不是說掛台南的不要吃？」C說：「它沒掛台南，只寫鱔魚麵！」阿煌笑笑，但並不反對。後來C在網路看到據傳是台南口味的鱔魚意麵，邀我們再次踩雷認證。春天漁港吃蟹的那次，阿煌也有來。

房子還沒找著，卻好像已經有了鄰居，真是不可思議。事後想想，為什麼把多風地帶列入考慮？除了通勤時間、居住空間、負擔能力等綜合考量，C大概也是做這個決定的關鍵因素之一。有可愛的朋友在，陌生空曠的台地，就有了最初的定位點，才能繼續想像未來定居的可能。

託C與阿煌的福，在秋天開學前，我們順利簽約，準備成為同一個里的居民。入厝那天，我與欣遙望台地秋日開闊的天空，步行至鄰近的樂善寺參拜，向初次見面的神明自我介紹，祈求庇佑。原本以為這一帶荒涼空曠，歷史尚淺，參拜後讀寺內沿革，沒想到它竟創建於乾隆年間。看來沒有歷史感的是我們，而不是這裡沒有歷史。回程的路上已經起風。我們拉高外套領口，牽手行經工地圍籬、荒煙蔓草，接待中心與嶄新街廓，心照不宣地提防著右側不遠一整片龜山第三公墓的綿延。我也戴上在巴黎買的貝雷帽。我向來是不戴帽子的，總覺得礙虐(gāi-gióh)、假俳(ké-pai)，假外國人才戴那個。但在多風地帶，它卻是最實用、最可靠的存在。入厝晚上我們也邀C到家裡晚餐。不過許多東西放在租屋處，還沒就位，只能前屋主留下什麼就湊合著用。我問C不吃米飯可以嗎？C說不要緊，她下班先回家拿電鍋，再過來我家。

在多風地帶，除了開始戴帽，我也必須調整過往的生活型態。例如，大學以來無論遠近都騎摩托車的行動慣性，就必須捨棄，改搭捷運通勤。上龜山到大安單趟十六公里。若遇上台地的風霧及雨，那真的不是開玩笑的。通勤時間當然可用App計算，但步行、候車、轉乘、感受等種種參數，則必須用身體實踐，才能夠具體換算，校準陌生的時間感與距離感，再慢慢內化成自己的一部分。出發點不同，所有的路徑也必須重新設定。於是入住的最初一、兩週，我沒事就開地圖研究，每次出門也仔細記錄各路徑折線的所需時間。

不習慣通勤的我，總是太早出門，太早抵達。早上八點在校門口集合的所遊活動，我甚至考慮前一天課後直接夜宿研究室。但一段時間後，我發現自己似乎不需要那麼神經質。根據統計，自搭上機場捷運起算，一小時左右就可以抵達學校正門。即便錯過轉乘，也不至於延誤太久。於是我漸漸能把過分預留的時間收回己用，在該出門的時刻出門，該現身的時機現身。拉長的距離也讓我在工作與生活間有轉換感。列車出入台地，雖然總會輕微耳鳴，但兩側滿版的綠色山景很好看。彷佛一種儀式、結界，準備進城或是回家。進城與回家間約二十多分鐘的過度，如果有位子坐，就是我一個人的放空時間。

慣騎的摩托車，則暫時擱在學校停車場，有需要在市區移動再騎。但搬至台地後整整三週，我一次也沒動它。擔心這樣下去它會發不動，在機車行稀少的大安區或將孤立無援。且車不在身邊，總覺得三魂七魄沒有全數歸位，雖然現在似乎已不那麼依賴它了。某日結束學校工作，看天色猶亮，索性將摩托車騎回上龜山。我從大安出發取徑大稻埕、台北橋，往三重、輔大的方向直行。日落前，我已抵達下新莊，右轉進入青山路，準備上林口台地。車過新北桃園市界，路愈來愈窄，蜿蜒且陡。我抬頭，看見成排的燈已點亮。一輛駛離台地的列車，在高架軌道上遙遙地與山道上的我交錯而過。此刻我以為我會耳鳴，卻無預期地感到陡然的冷意來襲，彷彿它要對我說：歡迎來到海拔兩百五十公尺的多風地帶。記得爸曾告訴我，四十年前，我們的第一個家也坐落在荒涼寂寥的重劃區。往南走一整片，都是台糖的農業用地。

青山路的盡頭，陡坡漸緩，我已來到台地的入口。停紅燈的時候，我終於能空出手將外套的領口拉高。望著眼前矗立一座座的高層建築造鎮，我知道，我已離開賃居的永和，準備在空曠多風的台地上，與欣建立一個真正自己的家。

永和

一

想起博士畢業前後的窮酸落魄，我真不懂欣為何沒有逃走，甚至後來還跟我結婚。別的不說，我賃居的套房就相當可怕。五坪左右的空間，幾乎所有看得到的平面都堆疊著書籍文獻，須經幾番挪移，才能勉強能容下兩個人。冷氣老舊不涼，差不多只有送風程度，但總比沒有好。只是不時噴水，滴滴答答懸落室內。師傅來處理了兩、三次，還加裝導流管，但無濟於事。擺上水桶、抹布也應接不暇，最後連木質地板都膨脹迸開了。這樣的房間，被博士論文綑綁的我暫且住著就算了，根本不適合帶人回家，連讓妹妹來訪都覺得羞恥。

「為什麼不逃走喔?」婚前我問欣,她支著頭,想了一下。「因為我總覺得你這房間好像能寫成一個故事啊。它與你朝夕相處,卻只能看到一半的你,因為它沒有辦法離開。你不在房裡的時候,它可能也好奇你在外面的世界做什麼,回來又把它弄到這麼亂。二十多年下來,它大概閱人無數了,唯獨你最誇張。房客來來去去,只有它一直被留在這裡,像神靈。」

唔,欣腦洞大開了呢。但寫作取材也不用賠上身家跟我交往、結婚啊。

她說,總之這百廢待舉的頹然氛圍讓她印象深刻,一時捨不得走。

「我覺得學長有點可憐啦。在這麼逼人的房間,又遇到媽媽過世,居然能把博論寫出來,還完成這麼多工作,讓我有點佩服。你的精神應該很強韌。」

不單寫作取材,簡直被當珍奇動物了嘛。不過話說回來,可能也是這樣不造作、不掩藏的態度,才沒有把欣嚇跑吧。交往時我們並非初識,甚至還在不同時間給同一位老師指導,但一直沒有相處機會。直到欣畢業多年,我們才在朋友L的餐桌上熟絡起來。我也沒有刻意經營形象，否則就不會帶她進到那絕對稱不上舒適的房間了吧。不，正是因為有好感，我更不打算營造什麼虛假的幻象，畢竟這就是我的生活啊。且順此而去，遲早要被看透，說不定還要共度餘生哩。打開房門示誠，把最不堪的一面交給她去考慮，也許才是上策。愛好文學的她，大概不是虛華的人吧。且讓她看到文字生產的裡側、暗面，反倒產生某種反差的趣味也說不定。不過最初的幾次，我還是有整理的。亂歸亂，但至少不要太髒。嗯，我也是有點羞恥心的好嗎。那時冷氣已開始滴水，但似乎還堪用。四處堆疊的書，對於也當過文科研究生的欣而言，大概也不是什麼值得大驚小怪的事，只不過程度比較誇張而已。

因此，在交往初期，房間還勉強維持個秩序。不過好景不常。拿到學位後，心頭的沉痾既已消滅，各種的工作計畫邀約我總躍躍欲試。支線任務更多了，且不斷開展、蔓生。每天在外頭跑來跑去，只有備課、寫論文、寫稿，或是睡覺才回到房裡。但我顯然太高估自己的能耐了。曾經有一段時間，我每天起床的第一件事就道歉，為了各種無法如期完成的拖延。當然，約會頻率也不知不覺減少了。某次見面，欣問為何總是她來永和找我，我卻不去中壢找她，我當時甚至氣急敗壞地回答：「我就是這麼忙。以後只會更忙！」婚後欣說，交往時她曾不止一次想要離開我。如果沒走，一定是因為腳麻。

當我終於能從忙碌之中稍微抬起頭，房間已是難以挽回的失序狀態了。說它失序也不全然對，事實上，它是依著我的生活型態、慣性、方便，一點一點改變它的形狀的。換言之，它是我默許下的產物。我把翻過的書隨手擱在印表機上，或疊在冰箱、床緣、走道，直到生積灰塵，成了半永久性的地景；我把無處歸位的雜物推進衣帽間的深處，滿了就變成倉庫，難以涉足，晾乾的衣服只能繼續掛在窗台，需要就直接取下來穿；嵌在牆上的老舊冷氣，師傅束手無策、房東也拒絕更換，當滴水日漸加劇，我放棄即時處理，水就滲入霧面漆的孔隙、木質地板的紋理，悄悄積蓄、膨脹，終於在某一天迸開，成為未來退租點交時必須解釋或者協商的顯眼破綻。我已經太累了，目光所及都捉襟見肘，只能讓既成事實就地合法，暫不去管它。唯一設定的底線，就是把應聘專任教職失敗、被退回的備審資料一箱箱堆疊在門口，不讓它進房。欣還是偶爾來。她問你資料放這不怕被丟掉嗎？我說不會啦那個沒有人要。她也曾想幫我整理房間，但實在無從開始而作罷。交往第二年的生日，她帶著親手烤的草莓蛋糕捲來永和找我，還撒上糖粉，做出小叮噹的圖案。這讓我很開心，卻又慚愧不已。此時房間已不宜享用甜點，於是我騎車載欣到不遠的四號公園，坐在圖書館外的迴廊，乘著十二月溫和明朗的陽光與涼爽的風，兩人愉快地分食。

房間的狀態已藥石罔效，和欣的戀情卻逐漸回溫。儘管快不起來，我一件件完成已答應的工作，也節制新任務的增生，留一些時間給欣與自己。房門外的備審退件已堆得比我高了。每一次回家，都會瞧它一眼，然後開門進房。很快的又過了一年。所幸在第二落也即將高過脖子前，聽到了好消息，我與欣也決定結婚。

趁著寒假，我們在公園附近租了房子準備新婚落腳，也著手把住了五年的獨居套房清空。在難以迴旋的室內，書與雜物無從裝箱，只能暫且丟進後背包用摩托車載。清出一些空間後，才向工廠訂購瓦楞紙箱，慢慢打包，連同堆在門外的備審退件請友人開車來運。雜物最難處理。決定要捨還是要留，就耗費了不少力氣。好不容易將書籍雜物大致清空，接下來就是掃除。回復原狀是不可能的，至少那幾片迸開的木質地板，只能點交時看房東打算怎麼樣了。我買了大量的除塵紙、酒精濕巾、浴廁噴霧，盡可能消滅生活中留下的灰塵、椅痕、污漬、霉跡，也一一卸除這些年貼在桌前、牆面的海報、明信片、小紙條，以及過世母親的相片。接近完成的某日，欣也來了。我拉開窗簾，讓久違的陽光與風斜斜地穿透進來。這是不需要冷氣的二月。欣宛若初見，好奇地轉動眼珠，驚嘆：「原來你的房間是這樣！」

我說，五年前第一次見到它的時候，差不多就是這樣。

二

博士班後落腳永和十四年，待最久的就是這間套房。不過嚴格來說，它的門牌並不在永和，而在區界幾步之外的中和。只是十多年來，我天天過永福橋經水源地往來文山與大安，活動範圍幾乎都在界河瓦磘溝以北，對永和的認同自然高一些。即便搬離套房後三、四年間的門牌也在中和，我還是泛稱永和。其實永和最早也是從中和分離出去的。行政區以哪裡為界，可能大家都搞不清楚，但分治後的路名，卻各自為政得很澈底。困惑的外地人甚至發明了〈中永和之歌〉來調侃：「永和有永和路，中和也有永和路。永和的永和路，不接中和的永和路。」但我住的中和中和路，卻是與永和的中和路連在一起的。

第一次到永和是二十多年前的事了，純粹是因為騎錯路。彼時我剛離開台南，住在大學男子宿舍。有一回室友招看煙火，說還有露天演唱會。大家都是中南部上來的小孩，沒見過世面，躍躍欲試。其中一人拿出紙本地圖，稍微確認了一下河濱公園的方向，大家就拎著安全帽跟他衝了。在車潮中跟車是很考驗眼力與技術的，且隊伍一拉長，很容易就跟丟了。記得我是在新生南路接羅斯福路的那個T字路口脫隊的。雖然也順利抵達了堤外會場，但萬頭攢動，誰也找不到誰。彼時還沒有智慧型手機，訊號也幾乎全面癱瘓。沒辦法，只能獨樂，再自己找路回家了。印象中我看了當時才出道不久的五月天樂團演出，煙火則不太有記憶。即便它華麗燦爛，但一個人實在很難自嗨。散場後，我隨指引移動，卻似乎誤上了引道，後退不得，只能隨車陣硬著頭皮上橋，在寬闊的橋面半催油門、半滑步前進，終於來到河的彼岸。後來我也不曉得自己是怎麼騎回宿舍的。室友問我怎麼這麼晚回來？跟哪個妹去偷衝？我說，我好像去了一趟永和。

那次的永和，於我像是個誤觸的陷阱，慌亂中當然談不上什麼印象。跟室友借地圖查看，我大概誤上了河堤旁的中正橋引道。而後穿過半個永和，走永福橋回到幾小時前脫隊的公館水源地。對於南部來的小孩而言，埋伏在鬧區的單行道迴路，就已經夠魔幻的了；意外去了一趟永和後，我對引道、橋梁、高架道路更是敬而遠之，沒有十足的把握不敢靠近。

第二次到永和，是為了蔡明亮的電影。學長Ｄ邀我參加他策畫的放映活動。我問他是怎麼樣的片？他說很難說明，總之有空來看，也歡迎帶人來。

我記得那天只來了六、七個人，包括我帶去添人數的直屬學弟Ｊ。電影的畫質很差。也許是從ＶＨＳ轉拷的，或放映設備簡陋所致，整個烏漆墨黑的，看不到細節。從頭到尾，只有反覆出現的滴水地下道，抽搐閃爍的交通號誌。號誌的遠景，記得是歡樂俗豔的工地歌舞秀，好像還有聽筒沒掛好的公共電話。片中沒有像演員的演員，當然也沒有劇情、台詞，只有場景不斷輪替，像閉路電視。我愈看愈納悶，但不好意思先走。好不容易放映結束，學長卻領著導演出現了。那時我不知道蔡明亮是誰，也不懂剛剛到底看了什麼。只擔心來的人這麼少，萬一導演請大家說說感想怎麼辦？導演似乎看透了我們的心思，他說人來幾個都好，看不懂也沒關係，學生來邀，他都樂意出席。我雖然不是辦活動的人，卻覺得自己被赦免了。此時導演拉開腰包，說自己有部新作正要上映，歡迎大家到電影院看他的電影。導演也要親自賣票嗎？我不太了解導演的工作，但賣票似乎不在我的想像裡。這位導演大概不是很有名吧，我猜。他甚至踏著黑色涼鞋出席。不過他是我第一個見到的電影導演，還跟我們握手，於是我與學弟都跟他買票了。

導演的新作講述一個在天橋賣錶的男人，遇見一個正要前往巴黎的女子。女子離開後，男人把家裡的時鐘調成巴黎時間，讓母親誤以為過世的父親顯靈。也許是第一次觀影經驗太奇特，我覺得這片意外好看。片中的天橋，記得小學來台北畢業旅行，我們一群小孩也曾在那裡向阿婆買雜貨、即可拍，還殺了價。上台北讀書後我也走過幾次，是很日常的風景。

《不散》的電影交換券，也是在街上直接跟導演買的。首映的那個夜裡下著大雨。我在宿舍預先查好地圖，套上雨衣，騎到基隆路後便一路向南，直到上了一座橋，跨過大雨之中的新店溪，終於到達彼岸。比起上回誤入的那一座橋，它似乎更為狹窄且長。下橋後，我循著腦中的地圖印象繞行圓環右轉，終於在彎曲的巷弄裡，看到夜雨中的福和大戲院。我勉強找到一處空位把車插著，與其他觀眾在騎樓排隊等候入場。戲院很舊。事實上，它播完這一部片就要結束營業了。

不知為何，我對永和的印象，即便在二十多年後的現在，也始終離不開這一場綿長的雨。片裡的戲院同樣下著大雨，同樣是停業前的晚上。瘸腿的女售票員蒸了一顆壽桃。她吃了半顆，剩下的半顆想帶給在放映室的年輕師傅，卻始終沒有遇上。戲演完了。最後幾位觀眾也散場了，鐵門也拉下了。前些日子我在國家影視聽中心的圖書館重看了這部片。好看。我一直記得瘸腿女人拖踏在磨石子地板的節奏迴音，天花板滴水落在桶子裡的聲響，還有冷清的戲院裡人們面無表情地交錯宛若幻影。片中老舊的男廁也印象深刻。電影散場後我也在那裡尿尿，似乎還遇見導演及某位演員。重演的《龍門客棧》則沒有留下一點印象，不知為何。

後來戲院不見了，變成了停車場。天橋也不見了。但二十多年後，我還繼續跟導演買票，雖然我一直想不起來最初那部短片是什麼，也查不到，像一場夢境，醒來只隱約記得號誌燈故障，電話始終無人接聽。福和大戲院的那場雨，彷彿也從戲裡滲進了房間，再一路下到現在。

三

即便有國際大導演加持，起初我對永和也沒有太多好感。人車雜沓，橋兩側的建築總是黑黑髒髒的。巷弄狹窄蔓生不說，連主要幹道都是蜿蜒曲折、錯綜參差的：環河東西、竹林永貞、中山中正等路依沖積之勢展延成三環，然而弧度不一，平行交疊皆有；中和福和雙股交叉，成功秀朗交纏競逐、互有消長——當然，這是後來才勉強歸納出來的規則。但知道了也沒用，因為在這裡生活走跳，憑藉的不是推理強記，而是身體感官。多走幾遍，身體便默默地把路記下了。即便如此，當別人在紅燈問路，通常很難即時反應，要騎到下一個路口才能想好如何說明。這裡像瑪利歐兄弟的地下水道，由眼前的這個水管進去，常會進到一個異世界，再從意想不到的地方出來。即便住了十四年，還是充滿驚奇。

這樣一個混沌奇幻之所，一旦住下，卻又不想離開了。年輕時總喜歡住在熱鬧便利的地方，想要的東西，最好都要在伸手可及之處。如此一來，永和的人車雜沓、蜿蜒仄逼，甚至可以算是優點了。正因人口異常稠密，甚至高居世界第一，這個寸地什麼都有，且它離台北市區只有一河之隔，像我在史料讀到的高圓寺。一九三五年，台中師範出身的殖民地青年翁鬧（一九一〇—一九四〇）結束五年義務教職，離開社頭，隻身前往帝都東京。為了文學修煉，他頻頻遷徙，最終落腳東京郊外的高圓寺界隈，正是因為各種意義上的便利。翁鬧在一篇文章中寫道：「從這裡到新宿只要十錢、到銀座只要二十錢，每每還可以看到聞人名流交雜在失業遊民的人潮裡，即便是黑暗的巷弄也充滿了首都才有的空氣，這就更使我難以割捨了。」他筆下的高圓寺，並非高雅祥和的住宅區，也不是燎原般高速發展的副都心，而是街路狹窄、玉石混雜、充滿cosmopolitan氣息的浪人街：「如果晚餐後在長街上漫遊，與男學生女學生、領固定薪水的上班族、女侍、舞者、留法歸來的畫家、理『河童頭』的文藝青年、彩色眼珠的外國人、醉漢等等的人潮摩肩擦踵。」而且，他常能遇見各種在文壇上叫得出名號的人物，在文章中細數之、點評之，雖然他並不完全服氣。友人回憶他曾自誇，在銀座晃蕩的腦袋全部加總起來，還不如他一顆。

博士班落腳永和後，我不時想起翁鬧，以及他筆下的高圓寺。當然，我並沒有翁鬧那樣高的才情，但他流連玉石混雜的高圓寺界隈，我則貪圖永和的便利。離台北近不說，夜市、百貨、連鎖餐廳、小吃攤、獨立書店等一應俱全，且不時汰換更新；最重要的是台灣圖書館也在這裡(雖然它的門牌在中和)，是我十多年都離不開這一帶的原因。至於街路狹窄、曲折，市區不大，故鄉台南的老城區也是如此。騎車油門且催且放，或沿途張望、或停下來採買，倒也悠遊自在。這麼說來，儘管是賃居之處，永和卻讓我過往的生活慣性得以在異地延續。住在這裡的台南人應該也不少吧？不知他們是否也有同樣感受。前些日子意外發現，近十年認識的文學圈同輩朋友，無論作家或是編輯，有極高的比例住在永和，或是景安、南勢角一帶。也曾聽聞不少文學前輩的父親渡海來台後輾轉落腳於此，在簡陋的眷舍中組織家庭，永和於是成為他們的童年青春往事。以如此高密度的文學人口來說，永和儼然也是一個文士聚落了，不知收留過多少外地人生命中的浮浪狀態，明明它這麼小。

據說在尚未自中和鄉分離出去的一九五〇年代，這方小小的河流沖積平原，也曾經有過美麗的都市計畫。初次聽聞時，我簡直不可思議。計畫以英國的花園城市（Garden City）概念為原型，希望將之打造成一個依著新店溪河畔而生、人口三萬，共享數座大型公園綠地，狹窄迂迴的長巷穿梭其中的環形衛星都市。只是陸續湧入的軍眷或台北及中南部的移民，遠超出預期數倍。當現實不敷使用，理想與餘裕就只能成為泡影了。想想我的套房也是這樣的。在入住還不很久時，有一回爸北上留宿，進門張望了一會兒說：你怎麼住這麼差！我說喂尊重一點，這是我這十多年來住過最好的房間耶，不可以跟透天的比啦！

天一亮，爸就迫不及待回台南了。套房只有五坪，但有床、書櫃、小冰箱、冷氣、電視、衛浴、洗衣機，還有一個附全身鏡的更衣間（但我寧願它是小流理台）。我騎車到IKEA搬了一組便宜的桌椅回家，它就是完全體了。天晴的時候拉開窗簾，讓自然風與陽光探進房裡，裸足踏上木質地板，坐著翻讀文獻，我覺得這是人生最美好的時刻，一定要在這裡寫出很棒的論文。論文最終是完成了，也認識了欣，並幸運走到了論及婚嫁的這一步。豈知五年之間，滄海桑田，人事已非，花園也幾乎成為廢墟。當我把房間清空，終於能夠再次坐在地上，心裡有說不出的感慨。我伸手摸摸迸開的兩片地板，想起欣曾起了頭的那個故事。如果房間有靈，離開前，我應該慎重地向祂道歉，並且衷心言謝。

輯四　冬季房間

冬季房間

關於冬天的記憶，都在台北。

並不是說出生以來一直居住台北。而是在某種意義上，台南是沒有冬天的。

去年夏天，我將家當一次打包，回到最初的地方。與郵局約定派員收件的那天早上，我在床邊坐了很久，望著前夜整理的、幾乎堆滿整個房間的瓦楞紙箱，恍惚中有一種感覺：彷彿七年來的一切全在這兒了。箱子裡大多是書，有些是冬衣，也有前次搬家一直沒有拆封的雜物。起床盥洗後，我默默把這些沉甸甸的箱子搬出頂樓，再以電梯分卸至一樓，待郵務車到來。

書櫃拆了，書全撤了。電話退租，電腦、書桌、榻榻米都不在，虛掩浴室的玄色短簾也收進箱裡。馬桶於是開門見山，像一張寂寞的椅子。房間空了，只剩下灰塵。我坐在馬桶上，覺得茫然。

十八至二十二歲，我在鄰近機場的男生宿舍度過最初四年。寢室臨街，冬冷夏熱：北邊是松山航站的跑道；接著是河，再過去一點是山，大霧中水墨一樣的山；前方，是菜市與魚肆輻輳出的長長的街，因著攤販，向左一路延伸至榮星花園。碩士班三年，我遷至城南溫羅汀一帶，有了自己的房間。起初我住在瑠公圳旁車庫改建的磚造小屋，無奈濕氣太重，書易生霉，只得搬離。第二年冬天，我住進汀州路某巷舊公寓的頂樓加蓋，雖不是最高，但附近也只有台電大樓與房間兩兩相望。「房間」真的就只是「房間」，它毫無掩蔽地裸露在都市高空，像一顆眼淚。

僅以一扇落漆的藻藍色木門作為阻隔，我便能安居，便能使這孤寂的親密不被打擾。在冬天，某個飄著雨的日子，我循著街上招租的紅紙找到這裡。這原是曬衣或逃生用的頂樓，加蓋的房間矗在中央，走道露天，門戶獨立，形成一種「回」字的格局。房東旋開生有銅鏽的喇叭鎖，裡頭除了床，什麼家具也沒有。我猶豫了一會兒，便決定要它。

遷回台南已一年有餘。我仍時常在夢中回到那個房間。

進入立冬，南方已開始轉涼，有了冬的雛型。只是，不知何時開始，徒冷不足以為冬；必須有雨，必須在睜眼之前便已聽見雨落在石綿瓦的聲音。那是一日之始，不會有其他人出現。水氣在空中凝結，我則緩慢地，將意識自夢的邊境一點一點喚回。前些日子台南也開始飄雨，我縮著脖子，在街上，忽然以為台北。

那一瞬，我才恍悟冬天真已降臨……。

台南過於寬裕，我有太多地方可去，左右逢源。房間是家的一部分；吃飯到飯廳，看電視到客廳，找媽玩到二樓主臥；外頭，那些歪斜的街與圓環的輻轉我都認得。在台北，我同樣有許多地方可去，不同的是房間就是我的家了。每當我摸黑進入房裡，時間便輕易地給關門的手勢拒否在外。我在夢中回到這裡，卸下行囊，席地而坐。然後我撥電話給媽，說我到了，台北正下著雨，一切安好。

當年她是不是也曾這樣撥電話給外婆？

夜雨中，發散著光的房間……。

媽早我二十幾年來到這裡，就讀位處盆地東南的那間學校。那時的事，她很少提起。只記得她提過大二時漫過道南橋的溪水；記得在老教授的課堂上偷天換日代蹺課的人舉手喊「有」；記得要看電影時就搭二三六路公車到水源市場附近的東南亞戲院。

至於房間，她則不曾提過。（她好像住宿舍？）

她不只一次跟我說，秋天時會聞到一種味道，一種讓離家的人想哭的味道。

這氣味我知道。

青春將逝，我們都已遠離，但不曾真正離開自己的房間，彷彿還在那裡。所有的事都發生在房間之外，又終以各種隱喻陸續回到這裡。我脫掉那件吸滿氣味的毛衣，和長褲一起扔在床上，赤裸著身子，打開電腦。沒有事在這裡發生；除了吃喝拉撒，除了睡，除了愛。除了看不見的消亡。

僅隔一層門板，時間被拒絕在外。這裡沒有別人，不可能有別人。偶爾會聽見各種聲音自牆的背面滲透進來。我們幽靈一樣，各自營生。聲音很淺，時間不斷在光影中交替循環，停滯不前。有人從很遠的地方打電話來。電話在房間裡孤寂地響，孤寂地響。沒有人接聽。

我初戀的情人會在哪裡等我

——陳昇〈汀州路的春天〉

曾那麼專心，無所顧慮。如一顆無瑕的淚，如一對年輕的戀人在都市的頂樓相擁，忘了明天的事。一切安靜，除了電話在房裡無聲地響。我一直以為是隔壁。青春將逝，話筒已被悄悄拔除。我在夢中回到這裡，在下雨的夜，經過發光的窗來到自己門前。啊啊——我忽然想起鑰匙似乎已交還房東。而下一刻我已在房裡，隔著門，與流動的時間緊緊相依。好幾次媽提醒我不是要在台北置產，家具堪用即可。我知道。但這裡如此安靜，如此地孤獨親密。於是，我一直忘記了明天，一直忘記，有一天我或將又背起行囊，回到這裡。

在冬雨落下之時。

黃昏釣場

我總想像牠們和自己一樣，有情緒，有個性。想像那望不透的池底是一座具體而微的水族城市，有熱鬧的街衢，和陰鬱的僻徑。

隔著想像，我愈來愈發現一件事極可能為真：

我們始終在事實的外圍打轉。

雖然，我並不完全知道「事實」是什麼。

雖然這與蝦獲量無涉。

一年多來，我的技術愈來愈純熟。從前非要等到正吃才起竿；現在，只要蝦肯碰餌，我有九成的把握將牠拉上岸來。

但我還是不甚了解牠們。不了解「蝦窟」，不了解「貓毛」，不了解何以喉嚨卡了一個鉤子還能若無其事繼續吞第二個？

（蝦有痛覺嗎？）

那次我問了常碰見的光頭阿伯。沒待他回答，我已覺得自己相當愚蠢。

許多事不都是這樣的嗎？

黃昏之後，那裡便漸漸嘈雜起來，煙霧瀰漫。流行歌的聲音，遊戲機的聲音，人的聲音，風扇的聲音，以及氣泡翻動池水的聲音。蒼白的燈光下，各種聲音被一層薄薄的煙霧包覆著，在空氣中短暫地聚合然後散去。

釣蝦是一種人工的、孤獨的活動。

我幾乎不一個人去。

那實在太孤獨了。

雖然，即使兩個人去，也只有開頭量水深、試釣況的時候比較有交談。

固定跟我釣蝦的伴叫阿派，高且黑，像熊一樣。他釣蝦但是不吃蝦（生鮭魚肚倒是挺愛的）。起初我只是去幫忙吃，吃著吃著，自己也染了蝦癮。那是二〇〇七年的秋天。於我而言，這一年發生了三件事：研究所畢業，陸軍驗退，以及ぶん的離去。

也在這一年，我回到久違的台南。

台北念書的七年間我時常返家。但在台南久住，是大學後就不曾有的。ぶん的老家也在台南。我們在台北相遇。但相遇時，她已經飛往那座植有銀杏的北國大城。後來ぶん返國，我們在府城清朗的午後笑著，感覺溫暖：「要不是台南，我們說不定不會在一起哦。」

我們都知道。

（不論離開多遠，我們最終還是要回到這裡。）

距離感是很微妙的一件事。

兩端之間，只要有個可見的、熟悉的定點；那麼，再遠的距離，都是可想像的。

所以人類發明了各種顏色、各種形狀的浮標，試著在流動的水面留下記號。

但這是沒有辦法中的辦法。

釣場裡，最最神祕的當數「蝦窟」。

簡單來說，「蝦窟」便是蝦聚集的地方。但蝦怎麼聚集、以及「窟」的位置，就眾說紛紜了。有人說，蝦窟就像計程車排班一樣，前面的位置空了，就會有另一隻補上。這種說法我十分懷疑。雖然池面上的人是這樣感覺的，但總是太腦補了。也有人說，蝦的聚集與放蝦的地點、水的溶氧量、溫度，以及蝦的活力有關。若蝦的活動力強，牠們會往隱蔽性高、氧氣充足的水域移動；假使活動力弱，蝦窟大約就在放蝦點的附近。因此，蝦窟是隨各種變數不斷移動的。

初到釣場的那個秋天，有個老頭塞給我一張皺巴巴的紙條。他滿頭蓬髮，菸癮極重，只看不釣。因為常伸手抽白菸，沒什麼人肯搭理他。那天，他湊到我身邊，說：「少年欸，給你好物。」我說我不抽，沒菸。他說沒差。咧咧殘缺黃牙的嘴走了。

那是一張蝦窟示意圖。

紙條上，畫著一個歪歪斜斜的釣池，還有幾個定點的叉、幾個意味不明的數字。藍色油墨早已暈開，紙條發黃，爬滿乾卻的水漬。

晚上ぶん來電時，我還在釣場。釣場很吵，只隱約聽見她說很累，要先睡了。

「好好休息。」

聽不甚明。匆匆掛掉電話。

那天的釣況極差。

阿派說，剛剛聽櫃台的講昨天清過池底。不咬正常啦。

清池底工程浩大，多趁夜半人少時進行。清池底前，得把蝦全撈起來，池水抽乾；接著，把發紅的死蝦、垃圾(包括衛生紙、餌料、鉤子、以及釣客任意扔入的東西)清出，再用長刷把池底好好刷過一遍。最後再注滿水，灑土粉，放蝦子。

那是在我還不知道的時候，業已改變的地形。

再以水的波紋覆蓋。

複寫。

豔色的浮標如一枚枚發射的人造衛星，在氣層外緩緩滑動。褐綠色的池面上，白色燈管碎裂成無意義的雜訊，干擾衛星回傳的訊號。

(你看得見我嗎？)

螢幕一片漆黑。

不曉得為什麼，視訊在搬回台南後就完全無法使用。聽得到聲音，卻沒有影像。我們只能在黑暗中交談。在無重力的太空，在沒有光線的洋底，以聲納搜尋，觸摸，親吻，擁抱。

（嘿，你看得見我嗎？）

我們藉由浮標的各種訊號判斷蝦的動態。標微沉、或以高頻率微幅垂直跳動，代表蝦正在碰餌，還沒深吞。這時可以提竿把線繃直，食指輕觸竿身讓餌跳動誘使蝦加快吞餌速度。標若迅速下沉或下沉後迅速橫向移動，可能是路過的蝦剛好被鉤子卡到（這種叫「行軍蝦」），揚竿就是。若標行至定點，穩定下沉，蝦已索餌就食。

我們不斷地與自己的想像搏鬥。

真正把蝦拉離水面之前，是看不見蝦的。

但我們始終只是、也只能坐在岸邊，抽菸，抖腳，打屁。

而牠們只能在池底呼吸。

爬來爬去。

公泰國蝦的大螯有著一種非常美麗的藍色，像瓷一樣，沉鬱華麗。蝦螯不像蟹一樣肥厚結實，臂呈細長的L狀，布滿小刺，無肉可食；鉗的部分沒有參差的齒，但尾端交成「乂」的形狀，不慎被夾到有時會滲出血來。為避免受傷，串蝦前最好把那對壯麗的螯剪去。但我習慣不剪。因為剪的時候，總覺得自己像在幹一件非常壞的事情。

那樣的蝦，看起來總是非常無助。

且赤裸裸地與我相對。

十二月，ぶん決定分開，替代役的兵單還沒來。頭髮在澈底的推平後自然生長，已經有些亂了。阿派陪我在釣場窩了一整個月。他在國小代課，晚上沒事。我則害怕待在夜間的房裡，那無重力的房裡：

宇宙船在星系的盡頭拋錨了。

當光終於歷盡千辛、穿越光年而來，已是一則又一則延遲的離線訊息。

而你早已衰老。

好幾次，我在這樣的夢境淚流滿面地醒來。

直到某夜，我夢見在船艙的接收器發現壅塞著許多遲到的呼救訊號⋯⋯。

那是最後一次做這樣的夢了。

我們何嘗不都是這樣？

（若我們的移動速度不同，你的時間與我的時間便不會同步。）

碩士論文完成的那個夏天，兩校合辦交流會，我去了一趟日本。會期結束後，ぶん陪我一起搭電車、拉行李，到她位於市郊的賃居處，待了兩週多。ぶん知道我研究日治期台灣小說裡的都市形象，對於開化期的日本、以及當時台灣留日學生在東京的活動空間很感興趣。我們去了很多地方，歷史的，現代的。上野的アメ横町、築地的魚河岸、淺草的雷門、銀座的喫茶店、皇居的外苑、日比谷的帝劇；也去了橫濱的馬車道、隅田川畔的江戶東京博物館。她的學期還沒結束。有時，我陪她搭電車到本鄉上課，再一個人慢慢步行至神保町翻書窩一個下午。

這樣東奔西跑很耗體力。往往，她一回房間，就累癱了。

我跟ぶん說：其實，妳平常去哪裡、吃什麼，帶我去這樣的地方就行了。

「我想認識妳的東京。」

「妳所在的東京。」

前一年，我們在同樣的交流會上認識，地點在台北。ぶん在會上對我發表的論文提問。會後，只匆匆留了ＭＳＮ及電話，我就趕回台南參加阿嬤隔日的告別式。暑假她回台南，我們見了幾次面。都是台南人，古蹟名勝直接省略。我騎車帶她四處晃晃，吃讓我長到這麼胖的小吃、去我常去的地方，告訴她：這裡發生過什麼樣的故事。

這是我的台南。

這是我。

關於那不曾重疊的，我們都急於把錯過的時差補足。

（關於未來：我必須盡速把兵當完，日語磨利，考獎學金到日本去……）

然而，驗退後的那一陣子，我只能坐在釣場，望著浮標載浮載沉。

ぶん離開後也是。

等待的日子是無聊的，停滯的。兵單不來，總覺得人生便沒辦法繼續。

而她在那座植有銀杏的城市奔忙著、焦頭爛額著。

許多時候我暗暗感覺：「我們」不過是一個想像的共同體……。

擁有互異的歷史，文化。

與時空。

除了愛，我們該以什麼想像共時與同地？

以什麼餵養想像，彌合時差？

十二月的最終一週，兵單來了。接下來的兩個月，先在成功嶺，再到花蓮光復受訓。最後分發回到台南。三月，我們當面談過，她說真的沒辦法了。

（對不起。我們的移動速度不同……）

不久，她再度啟程前往日本，開始博士課程的下一個學期。

於是我買了自己的釣竿。

休假時，就帶著竿與餌，到煙霧瀰漫的釣場窩著。

自備竿的最大好處，是不必每次都得重新適應公竿的狀態。每枝公竿無論軟硬調性、長度、或母線組的設定都不同。自備則沒有這種問題。

只要能好好地熟悉它，愛惜它。

「它就會成為你的身體，甚至是心的延伸，」阿派說。

第一次試竿。

我戰戰兢兢地握著七呎的「鱗彩」，把手伸向池面。

有個每次來都穿紅吊神仔的阿伯告訴我，釣蝦首重專注與耐性。做不到這兩點，就幾乎什麼也釣不到。

再來，就是果決。

曾經那麼多個黃昏，我望著浮標，在不安定的水域裡載浮載沉，徬徨著。

但那個晚上。

當浮標行經翻騰著的水泡區，阿派問起ぶん的事。

「如果當時啊……」

我一面聽著他的各種假設，一面觀察標的狀況。

我忽然就下定了決心。

延畢

當我在大雨之中趕到，已將近四點。全身濕透，水呼嚕嚕地沿褲管而下。走路便在地上拖出兩道水痕，像隻抓交替的鬼。原本打算待雨歇再去。但在咖啡店枯等一個多小時，雨仍狂瀉不止。那是六月，午後狂暴的一場雷陣雨，店裡擠滿準備期末考的學生。窗，是整個牆面的大霧，水氣溶溶流下。

一個小時前我打電話給老大妹，她說她在，但四點有會議要開，屆時得忙。「噢對了，忽也會來哦！」她說。「忽」全稱「忽必烈」，是我們的指導教授，很大一隻，酷愛甜食，蓄有一圈忽必烈式的鬍子。碩一時我給他取這個綽號，後來我們這屆的都這樣叫。「老大妹」好像也是我開始叫的。人很漂亮，小小隻，軟心腸。叫老大只是因為出身台西。

三點半了，雨勢未見減緩。

我只得快快冒雨前進。

當我趕到，隔壁的會議正要開始。老大妹把她的辦公桌讓給我，匆匆到隔壁去了。畢業兩年，同學四散，只有她留在學校的藝文中心當行政助理，成了忽門弟子的臨時聯絡處。我則回到久違的台南，休息，當兵，準備博士班考試。最後一場考試已在前一天結束。我沒考自己的學校，來不及，博士班明年才會成立。但青春驟逝，退伍的那天，我已用罄了所有等待的理由。

約莫一個小時，會議就結束了。我離座，到門口候著，忽很快發現了我。他笑盈盈地向我走來，唇邊依舊圍著一圈灰白的鬍子。

「來，我們坐下來聊一聊。」

其實我們一直保持聯絡，需要更新的事情不多。我只說，我的詩集要出版了，想請老師寫序。他說好好好，很好很好，說罷，便起身要走。

我有些措手不及。

忽停下腳步，笑笑地說：「忙啊！」

老大妹還在隔壁整理會議室。待她回來，忽早已離開。

「唉呀，這麼快！」

老大妹說，七月她就要離職了。

她想親口告訴忽，但忽下星期得飛去歐洲一趟。

記得一年前、或更久之前，就聽老大妹說要離職，到台中開補習班。只是很多事卡著。一個學期延過一個學期，始終下不了決心。

而我們這些已畢業的人也就繼續賴著。一年又是一年。

兩年前與老大妹同一批畢業的，我之外還有阿儒。阿儒畢業後在補習班教了一年書，目前在C大念博士班。她常跟老大妹黏在一起，拉著手，窸窸窣窄，講各種事情。有時我被晾在一旁，跟鹹魚一樣，不很高興。

第一屆跟著忽的，還有阿嗨與能爺。阿嗨比我們遲一年畢業，實習結束到三仙台的水產學校當老師去了。她說等領到薪水，要宅配新鮮的旗魚給我。能爺是唯一沒畢業的，夏天要從伙房退伍。他說他的論文只想寫開頭和結尾，論證懶得寫。四年結束，就退學回家，等兵單找他。

畢業的這兩年，沒刻意辦過什麼同學會，但大家總是莫名地就聚在一起，有時候兩個，有時候三個、四個。

有時候則意外統統到齊。

決定論文不寫之後，能爺就不太好意思見到忽。但每次不慎出現，總會被我們半拖半拉，押送所長室。忽沒責備能爺，也不逼迫他，總是哦呵呵呵呵地，問他這陣子怎麼樣，好不好。

忽說，人生有很多選擇。沒關係的。

畢業後我沒有接著念博士班。因為打算出國，決定先把兵當了再說。

有人在那裡等我。

我得加快腳步。

去年十月中，我到嘉義中坑新兵訓練。體檢時卻發現糟了，寫碩士論文時吃吃喝喝沒運動，體重極可能被驗退。同連的每個人都說驗退好，給我恭喜。但對我來說這得耗去更多時間。驗退不是免役，等下一張兵單又得花上好幾個月。

新訓的第一週，我只吃最低限度的食物。加上操練，確實瘦了好幾公斤。第二週的週一，排長帶我們去台中複檢，我把數據代入公式，剛好符合標準。但是，軍醫說，照他們的公式，計算前得把身高的小數扣除。

幾天後，我在懇親會上被父母領回。

當我來到成功嶺新訓，已是隔年的一月。

後來我算了算，驗不驗退都一樣，根本不會影響任何結果。

畢業後，不斷從各種地方聽說所館小黃樓要拆的消息。消息已經證實，只是不知道什麼時候動工。在畢業前，校方就多次前往所館即將遷入的預定地（其實是國青宿舍的某一層）勘查、重新測量設計師畫的圖是不是確實。那個空間，總讓我想到早期蔡明亮的電影。空盪的房間，曲折而幽暗的迴廊。有一次，我甚至在某個角落看到一個小小的、爬滿綠苔的水族箱。幫浦仍呼嚕嚕地打著氣泡，幾隻紅色的小魚，在污濁的水中沉默著，游來游去。

「牠們吃什麼呢？」

忽然發現，旁邊擺著一個小圓罐。裡面是一撮活攢攢的麵包蟲。

而罐子的接縫處已微微生鏽。

預定地的工程進度遲緩。遲到我們都懷疑，難道是不搬了？

但怎麼可能。

退役隔月，我上台北蒐集撰寫研究計畫的資料。新處即將驗收，拆小黃樓的消息已傳得如火如荼。待這個學期結束，老師、學生、所有的行政人員都得打包搬遷。那次我回學校，老大妹固定有班，阿儒、阿嗨意外都在。就連當兵例休的能爺，也在逛書店時硬生生被一通電話逮著。我們一起到所長室找忽忽在。

忽說，這可能是我們最後一次在這裡相聚。

翌日下午，我帶了相機和傘，獨自一人去見小黃樓。天空很暗，不時飄降著濕冷的水氣。第一次見到它時，是五年前的夏天。老師領著我們(在五年前的照片裡，我們都長得有些奇怪)繞過文學院、小福，站在樹蔭下望去，牆面的黃在陽光裡顯得十分可愛。那是一棟長型的二層磚造混凝土建築，整排的木窗、黑瓦，融合了現代主義建築的簡約、日式建築的雅樸、堅固。我們上樓，卻發現裡面宛若廢墟。傾倒的洗手台、滿是灰塵的拉式木櫃、胡亂丟棄的廢料、粉末與什物。

我們的學期在一座廢墟中開始。

曾經，一切都那麼地新，猶在草創。且充滿生機。

那天我沒拍什麼照。小黃樓雖然不高，但橫幅太長了，沒有廣角鏡頭的傻瓜數位根本拍不了什麼。烏雲在空中聚集成鉛，成為大片的黑暗。它的黃，竟悄悄地沉默、收斂起來。

我向它說了謝謝。在微雨的風中。

再見。

二月，許多小黃樓的照片在網路空間陸續上傳。認識的、以及不認識的學弟妹在走廊上塗鴉，留下記號；也有人從西側的樓梯爬上屋頂，發現原來除了斜瓦，後方還有一個小小的平台。打包結束後，所有的老師、學生也聚集起來，在小黃樓前排排站，微笑，合照。樓確定要拆了。據說在原址上，將起造一棟可容納更多人的第二普通教室。（案：就是現在的博雅教學館。）

某天老大妹打電話來，說她跟阿儒、阿嗨在圖書室。

我在台南，焦頭爛額地準備考試。

我請她們在名字的旁邊，也寫下我的名字。

三月，小黃樓正式開拆。老大妹在MSN丟一個網址給我，說是某部落客逐日拍攝的拆除照片。很震驚。原本不忍看，但還是把網址點開。圍上工程圍籬的小黃樓自西側起拆，從齊邦媛圖書室一路拆至最東側的樓梯口。一架銘黃色的機械手臂，在粉碎的磚、粉碎的瓦、粉碎的木條、粉碎的鋼條混凝土上爬來爬去。它指向何處，那裡便應聲倒塌。

樓的格局就這樣毫無遮蔽地裸露出來。我急著指認——但長廊不見了，剩下牆面；房間不再是房間，僅剩斷垣，充作殘存的隔間。

我急急點進下一頁。

東側毀了，剩下前胸與後背。再下一頁，立面已經消失了，只有赭色的碎磚與灰色的混凝土塊，在漫天的雨中覆著地基的輪廓……。

之後，我再也沒回到那裡。

就是經過，也會刻意繞道。

（後來我查了資料：小黃樓起造於一九五八年，完竣於一九六〇年。只比我爸小個幾歲。但在這間每年耗數億元維護古蹟、日治時期台灣首屈一指的大學，這一切彷彿都不算數……）

台文所的新居，在辛亥復興南路路口。上回給忽慶生，我與阿儒先在老大妹的藝文中心會合，再一起走過去。雖然也曾這樣走過，卻是第一次覺得居然那樣地遠。與忽約定的時間已經遲了，卻始終無法到達。

忽的新研究室較以前來得小，但同樣擺滿一個個巨大的書櫃。忽拿了茶杯，要我們到對面的研討室等著。我們在陌生的研討室裡（但桌子是從前擺二

○六室的那幾張）吃蛋糕、喝熱茶，聽忽東拉西扯地說話。恍惚之中，竟覺得像以前每週四早上的咪挺例會。

忽說，明年他排休假，但一樣會待在學校裡面。

再來，他就要退休了。

（他可是出生就在這裡待一輩子的……）

離開藝文中心時，雨已經停了，鉛色的雲間露出淡淡的夕陽。沿著管院旁的小徑，我陪老大妹走到舟山路旁的停車場。老大妹說，那天跟阿儒提到離職的事，阿儒突然就哭了起來，好像很傷心的樣子，但怎麼問都不講，完全搞不懂怎麼回事。

那種感覺我懂。

像6B鉛筆的那種黑，一筆筆，畫在昨夜的記事本。

記得我幼稚園畢業的那天，唱過歌、跳過舞，從園長手中接過禮物與獎狀，高高興興地回家。三年後，妹妹也從同一間幼稚園畢業。我與媽一起去參加妹妹的畢業典禮，但回家路上，我卻開始掉眼淚，一直哭，一直哭。到家，又坐在阿嬤的搖椅上一面搖，一面哭，飯不吃，也不說話，連卡通都看不進去。媽說奇怪，又不是你的畢業典禮，到底在哭什麼？我只是搖頭，什麼也不說。

（只要有認識的人還在那裡幫我們開門，還願意為我們攜出一則又一則、私密的內部訊息，我們就不會被切斷臍帶，自母體驅離……）

那是一場延遲的畢業典禮。

整整遲了三年。

我把這段往事跟老大妹說。

「阿儒跟你一樣，」她說。

我們都找不到。找不到下一個能繼續為我們開門、送信的人。

（妳不在這裡，我們該去哪向誰報到？）

我忽然發現一件事：

第一個離開的，與最後一個離開的，竟是同時離開的兩個人。

在停車場，老大妹始終找不到她的摩托車。她繞了幾圈，抓了抓頭，直到看到地上的水窪才突然想起，哎啊笨蛋，今天是搭捷運來上班的！

於是我們笑著，一起走到最近的捷運站。

像兩個延畢、而終於到了最後年限的孩子。

忽必烈的野馬

曾經有一段時間，我與柯老師住得很近。他住在溫州街七十四巷的公寓，我賃居在溫州街四十七號瑠公圳旁車庫隔出來的磚牆小屋。那是碩士班一年級的時候。記得當時小黃樓仍在廢墟狀態，因此相當多的課還是借用文學院中文系研討室或其他地方，碩二上學期才正式遷入小黃樓。柯老師的文學理論課在週五早晨，因為是必修課，我們全班都上。那也是他跑野馬的時候。比起抽象的理論，柯老師更喜歡舉各種例子來說明文學，且這些例子串連了古今台中外。看著柯老師口沫橫飛加以各種手勢，彷彿為我們畫出一片廣袤連天的大草原、或攤開一張遼闊無垠的星圖。我們跟隨著柯老師的野馬或太空船前進，沿著發光的奇妙航道跑過半個地球、一座宇宙，並在下課前一刻忽然恍然大悟，「哇靠！原來是這樣！」當時我們私底下都叫他忽必烈，說是私底下，但其實也是公開的祕密。有一次上課聽他跑野馬，我隨手畫了一張柯老師的肖像，說那是忽必烈，他看到了也哈哈大笑。之所以叫忽必烈，起初是因為鬍子，但後來想想更重要的應該是他上課跑野馬、下課騎鐵馬那自由快意的精神氣質。因為家住得近，時常會在新生南路側門斑馬線、或溫州街遇見騎鐵馬的柯老師。即使鐵馬搖搖晃晃、甚至雨中撐傘，他也要舉手揮揮笑呵呵地打招呼。我覺得那根本危險駕駛，但每次遇見老師總是這樣，講不聽。

碩二修柯老師的現代詩課。雖然也跑野馬，但更多是對詩這個由言語符號構成的建築體進行扎實精密的細讀分析。野馬與細讀雙管齊下，並不是為了學識的展示，而是要讓我們脫離望文生義的空想、卻又不敢離作者的字面想像太遠的尷尬階段，把觀察力磨利、並打開想像力的天窗，好讓詮釋可以精準立體豐富起來。這一招讓我日後的研究受用無窮。柯老師上課充滿熱情，介紹了很多詩，但不知為何我特別記得他讀敻虹〈我已經走向你了〉「眾弦俱寂／我是唯一的高音」的莊嚴寧靜，以及讀林亨泰〈風景No.1〉「陽光陽光曬長了耳朵／陽光陽光曬長了脖子」的俏皮神情。接近期末的某一次下課，我在小黃樓的走廊問他能否當我的指導教授，老師笑呵呵地說：「當然好，我的榮幸！」但他沒問我要做什麼題目，彷彿那是不重要、也不必問的。

同屆一起給柯老師指導的學生，還有阿儒、老大妹、阿嗨以及能爺。阿儒做文學與民間信仰，老大妹做女性文學，阿嗨做原住民文學，能爺對「頹廢」感興趣，我則做日治時期台灣小說的都市圖像。五人五款，但柯老師很罩，沒在怕的。他說，雖然我們想做的未必是他的研究領域，但他就當作陪我們一起讀書寫作，就一個「資深讀者」的立場給我們意見。我們的咪挺日是週四的早上。老師說，大家有論文進度就帶來，沒有也沒關係，要帶創作來討論也可以，總之我們每週聚一下聯絡感情。我想，沒有比這更好的論文指導了。柯老師雖自謙不是他的領域，但憑他廣博的學識、強大的思辨與分析能力，指導我們已綽綽有餘。但真正重要的是，透過這樣每週一次的「忽門」小聚，他妥適地看顧了每一位指導學生的身心與日常生活，確保我們都能走在不致脫隊的節奏上；同時，也讓我們凝聚成為一種在研究、情感、生活都能夠相互分享支援的同儕體系，畢業後仍時時見面，至今不散。柯老師的「售後服務」，也從未喊停。

回頭想想，柯老師與我們談學術的時候似乎不多。大多都是問我們吃飽了沒、最近有沒有做什麼好玩的事，然後開始談天說地。但說不談學術好像也不太對。比起將學術等同於「論文」，或是將學術視為一種高度技術化、高度分工的「學科專業」，柯老師更喜歡與我們談文學、談藝術、談人生、談他景仰的師長朋友曾做的好玩的事(當然啦，還有分享率最高的金門軍旅系列)。雖然他沒有這麼說，但我總覺得，柯老師似乎認為學術不是什麼特別了不起的事情。縱然它是一種視野、一種高度（他曾在《台灣現代文學的視野》的扉頁題簽給我：「看得遠，就必須／站得高，或者／裝天線！」），但學術就在生活之中，且必須落實為一種生活實踐。因此，除了論文，學術可以生長成很多不同的形狀，在社會中發揮它應該要有的力量。也許因為這樣，柯老師絕不輕忽教學，總是蓄滿了熱情與能量給我們上課，即使在患病最後的日子也是如此。柯老師以身作則，且從不反對我們「不務正業」。他總是告訴我們，一切都是「正業」，不會沒價值的，別怕，放手去做！

雖然柯老師不太催論文，但也許是「忽門」的同儕研究小群（後來更名為「四分之四」）效果太好，除了逍遙自在的能爺，我們三、四年就準時畢業了，帶著柯老師傳授的心法與武功闖蕩江湖。老大妹與阿嗨走上高中老師之路，阿儒和我則到中央、政大拿了博士（那時台大還沒有博士班），在大學兼任教書。翻閱柯老師的日記《二〇〇九／柯慶明：生活與書寫》（二〇一〇）才知道，原來我們的畢業，曾讓他感到惆悵：

前些日子，偶然開啟了陳允元送我的隨身碟，儲存了他們台文所第一屆我指導的四個研究生，吳、陳外尚有雅儒、品誼，以及一些台文所活動的影像。彷彿又陪伴他們走了一遍美好的青春歲月，他們也終於各奔東西了，早已明白這是必然的道理，不禁仍是為他們四人的友誼與分別感覺惆悵……。

允元的詩集仍在桌上，忙得無法靜下心來細讀，為它寫序……（九月四日）

老師寫下日記的當時，我們剛畢業一、兩年。每週與學生集體咪挺，據說是空前，也是絕後。十多年過去，我們大概維持一年一次的頻率與老師揪團聚餐，更新近況。十月十日的日記，老師寫下：「瑋婷因要自台東北上，前幾天就來電函，說要約同學一起來看我，果然她同班的品誼、雅儒、允元、銘泰都一起來了。他們幾位真是情誼深厚！大家依約前往公館站三樓的麻布茶房集合，卻沒有位子，就改去旁邊的蛋蛋屋，因為重要的是『相見歡』，吃什麼都可以。」老師總是騎鐵馬來赴約，帶著要送我們的小禮物（大部分是他在台大出版中心策畫出版的書、DVD，很重，所以騎車總是搖搖晃晃的），像聖誕老人一樣笑呵呵地「卸貨」，給我們一人一本。偶爾他也會從家裡或研究室書架上挑東西送我們，這時就各有理由了。「允元，因為你是詩人，這個給你！」去年八月最後一次見面，老師也這麼說。在老師溫州街的家裡，他給我一張他與葉維廉在演講會上的同台合影、以及希區考克的電影《北西北》（*North by Northwest*）DVD。照片還好理解，因為葉維廉是詩人嘛。但為什麼是希區考克呢？記得老師說，夏天看這個會涼一點（對，這是冷笑話）。好像還說了希區考克很擅長經營結構，寫詩的人應該要看希區考克之類的正經理由。這就是老師的浪漫。

老師在日記中提及無暇靜下心來細讀詩集，但為我寫的序還是擠出時間完稿了。我回頭翻找信箱，收到序文的那一天，正好是二〇一〇年的教師節。讓老師在教師節前夕仍苦惱此事並加班趕工，實在很過意不去。但比起過意不去的心情，更多的是感謝。老師寫道，這篇序文拖延經年，「不僅是繁忙所致，而是一直想要像研究一個詩人般，先掌握他的詩心，再整理出他的詩歌美學之理路與系統，以作體系性的闡發……文學研究的長期癖性，顯然使我忘了我的工作是寫幾句推薦的『序』言，而不是撰著『詩人研究』的論文！」這一篇序文，固然是柯老師對學生的疼愛，最使我最感念的是，他是以對待一位「詩人」的態度來為我寫序。他不僅用柯教授的身分來給我分析，更是用詩人黑野的身分與我交往。後來他又將這篇序文收入《柯慶明論文學》（二〇一六）的「評論篇」。詩集出版後八月某個中午，我與阿儒、阿嗨約吃公館モーパラ壽喜燒，下午到台文所拜訪柯老師親呈詩集《孔雀獸》。文薰老師也一起來了。柯老師帶我們去明達館「LivingOne」吃下午茶。天黑了，又繼續吃晚餐。那應該是史上最長的連續進（餵）食吧，從中午十一點半吃到晚上八點半，現在想起都還覺得飽。每次聚餐柯老師總把甜點セット點滿。他說：「愛吃甜點的人才懂人生的情趣。」

很慚愧的是，第一本詩集出版之後，我就很少寫詩了。進入博士班階段，除了寫稿、家教與接助理維持基本生計，有限的時間精力必須更加投入在研究與論文上；博三開始兼課後，上課備課更占去了大半的時間。我一直記得二〇一一年初夏回台大發表論文的事。因為辦在台大，柯老師也到場了。會後，他把我帶到國青大樓的研究室，說：「剛剛聽過了大家的讚美，很開心吧。但現在我要來說說你論文的缺點。當學生的好處是，老師會告訴你缺點；之後等你也成為老師了，每個人都會對你很客氣。」老師的這一席話，大概有兩層意義。第一層是對學生的呵護，意思是：雖然畢業了，但我永遠是你的老師，該說的話，我會懇切而坦率地告訴你。第二層則是提醒、期盼：要成為獨當一面的學者，就必須離開老師的庇蔭，時時反省、謙卑、自律，畢竟，已經沒有人可以盯你了。

老師總是很能抓在人生的關鍵轉折點，給予學生適當的建議。說來也很巧，幾個月後，我就接到真理大學台灣文學系的開課邀請。某次TWLS讀書會結束，正好在國青樓下的小七遇見老師，於是向他報告了要去兼課的事。老師很開心地跟我分享他的教學經驗。以前坐在台下聽老師上課，如今輪到自己要上台了，很奇妙。雖然已經想不起來當時老師跟我分享什麼，但仍記得老師說「加油」時的熱切眼神。想想也覺得不可思議，雖然博士班念到二〇一七年才畢業，但自初登板的二〇一二年春天起算，竟然已斷斷續續教了七年多的書。除了真理台文系，在學時期也在政大中文系、永和社區大學教過。畢業後則到師大台文系、北教大台文所兼任。這七年多最重要的感想是：我發現，我真的喜歡教書。

為什麼喜歡教書呢?大概是因為喜歡說話吧。但也不是單純喜歡說話。事實上,少年時期有一段不算短的時間,我對上台說話有嚴重的障礙,朋友間的對話沒問題,但一站上台就沒辦法了;高中時有意識地上台練習才慢慢克服。第一次在大學教書極度不安,完全沒把握自己可以獨力撐完兩小時,甚至還做了一份講稿。但奇妙的是,在緊張中我漸漸地能夠看清台下同學的臉,並偶爾瞥見幾雙會不時發亮的眼睛。是了,眼睛。我忽然懂了,教書原是師生之間的對話與分享,而不是無對象的人體放音機、或老師自嗨自爽的個人演唱會。也許這就是柯老師說的「教學是生命對生命的現場」吧。與其擔心台下沒反應,我更該優先思考的是:學生需要什麼?我想對他們說什麼?這些想好了,上課就像平常對朋友說話那樣自然坦率就行了。想通了這點,其後教學的技術也慢慢精進了,現在出門上課的心情都很輕鬆愉快。畢竟台灣文學惠我良多,想分享的東西源源不絕。也許是因為這樣，到師大台文系任教後的三個學期我開了六門課，先是散文、原住民文學，然後是日治文學、當代電影，以及現代詩史、台灣文學史料導論。每次學期進行到一半，就會有某個契機讓我知道，學生在這門課學到的東西接下來要怎麼樣繼續串聯下去：「這樣啦，不然我們下學期來開〇〇課好了。」我有想分享的事，學生們願意進教室聽，且樂於提出自己的想法與我對話。看著他們慢慢成長，和我並肩在同一條路上努力著，沒有什麼比這更幸福的事了。

看著台下的學生，彷彿看著當年自己坐在教室裡的樣子。柯老師也是這樣看著我們的吧。而後我們畢業、在高中與大學教書、做文史轉譯非虛構寫作文學紀錄片等各種的「不務正業」，老師也都笑咪咪地看在眼裡。老師給的影響太深、太全面，很難具體說明，卻又彷彿銘刻滲透在生活的每一個細節裡。老師過世後，我與阿儒、老大妹、阿嗨約了到臥龍街靈堂上香。老大妹、阿嗨一直哭，我想老師會捨不得她們這樣。後來我們決定上完香去吃日本料理，不是為了口腹之慾，而是想起老師的叮嚀：即使難過也要好好吃飯。那麼，就一起去吃老師也喜歡的日本料理吧！

謝謝柯老師。畢業之後，我一直懷念著那一段您上課跑野馬、下課騎鐵馬的日子。如今您又能再次跨上久違的鐵馬，自由自在了。文章原本沒打算寫那麼長的。最初不知道從哪裡寫起，只好從頭說起；但現在又不知道該怎麼收筆，也算是跑了一次野馬(與我不同，忽必烈的野馬是跑得回來的)。雖然段數跟老師還差得遠，但我們會加油，努力讓自己罩一點，讓您在天上看著我們時也能覺得幸福。

東京的訊號

十年前，我曾以沒有行動網路的空機狀態，在東京待了七個月，進行撰寫博士論文前的短期研究。相較於週間排假、五到十天的自由行，七個月實在太奢侈了。不用趕行程、急行軍，或拚了命在有限的胃袋與行李空間，裝填最大量的東西。但以居留來說，七個月又太短了。耳朵仍硬硬的，舌頭也鈍鈍的，屁股還沒坐熱就要走了。以這樣尷尬的定位而言，按日計費或限定流量的漫遊不划算；申辦專屬網路，又不確定是否得綁門號。到門市填一堆表格，光想像就覺得麻煩，且辦了也是一筆開銷，乾脆省下來到神保町買書、到圖書館印資料，對博士論文的完成較有助益。我寄居的學人宿舍當然有網路，卻是有線的，只能供給筆電上網。校內建築則有無線網路，但踏出學校勢力範圍，當然就要自力救濟了。於是在東京的七個月下來，我養成了隨處找免費 Wi-Fi 的習慣。

現在的狀況我不清楚，但在十年前，日本的免費 Wi-Fi 似乎不像台灣那樣普及。抵達的那個夏天，我把幾個佛心提供者如 7-Eleven、Family Mart、Free Spot、Tokyo Metro、Starbucks 的帳號都註冊一輪，便展開逐訊號而行的遊牧生活。上述 Wi-Fi 雖是免費，卻有不少限制：有的限一天三次，有的則限制連線時間，且除了星巴克，都不是適合久待的地方。

其實有限制倒也無妨。反正在便利商店、地鐵站之類的地方連線，大都是移動中打發時間，或臨時的聯絡與資訊查詢，十五分鐘、半小時就很夠用了。那些需要埋頭苦幹的正經事，必須回到宿舍用筆電連線慢慢磨、細細斟酌。但房間沒有 Wi-Fi 就真的有些困擾了。資料讀累了，想躺在床上滑手機，就得把身子靠近窗戶一些，偷接外頭沒鎖密碼的不明熱點，像古人鑿壁借光。這種訊號往往微弱，大概兩、三分鐘就斷了，照片也傳不出去。想想真奇怪，房間裡什麼都有，連料理器具都特別齊全，就是沒有無線網路用手機上網，與媽即時連線。

說沒辦法，如今想來也非全然無解，但當時就是沒辦法。十八歲離家北上，我每晚都給媽打電話報平安，多年下來，這已經成為我們的生活習慣了。為了省去高昂的越洋電話費，媽在我出國前買了人生第一支智慧型手機。出發前兩天，我們測試了視訊通話功能。不僅聽得見聲音，還看得見人、及在窗台躺成一條的摸摸。我也幫她安裝註冊臉書，並向我發送交友邀請。我說：「媽，我們現在是好友囉。我會常發文，請妳準時收看。」

完成一切設定，就可以安心飛了。抵達東京後，才發現房間沒有Wi-Fi，改用筆電也無法與媽順利連線。我找別人測試都沒問題，那麼癥結大概在媽這邊了。我請妹妹回台南時幫我留意，似乎也不了了之。幾年後經歷了疫情，所有人都被迫熟悉各種遠端通訊，一夜長大。如今想起來也許不太難的事，那時卻無法克服。當時也沒有想到，說不定請媽到巷口買包綠色乖乖，問題就解決了。

儘管視訊通話無解，但找熱點發文、傳Line總是可以的。媽還不太熟練她的智慧型手機，但那一段時間，卻拍了很多摸摸的照片給我，告訴我牠今天又幹了什麼傻事，例如把電視螢幕當貓抓板、到廚房開水龍頭無限暢飲。我在東京除了學校聽課、窩圖書館或近代文學館查找資料，也盡量多走走看看。七個月畢竟不是三、五年，縱然不用趕行程，但一天接一天很快就過去了。萬里無雲的相模野、大隈講堂的銀杏、三號館的雪景、大晦日的阿美橫町，那些美好的日常瞬間，我都隨手記錄，待連到Wi-Fi，再發文或傳Line給媽。

東西線早稻田站一號出口、宿舍對街的超市「イトーヨーカドー」（伊藤洋

華堂），是我採買食材與日用品的地方。我也常在晚餐後到這裡登入免費Wi-Fi，與媽連線。台日時差一小時，那大概是媽洗過碗、在沙發上看電視的時間。有時一連上線，手機就會咚咚咚跳出幾則未接收的延遲訊息，我也趁機回訊。若媽瞬間已讀，我會問她吃飽了沒，小聊一下。當然，我不會在超市裡開視訊通話，那樣做大概會被側目或白眼。我提著店內的購物籃，從生鮮區逛起（晚餐後多有限時特價），一邊低頭與媽傳訊，交代近況，分享自煮的餐桌照片給她，像以前回家陪媽到市場買菜邊逛邊聊那樣。如果要發有圖片的文章，我也會先把素材備好，再帶到イトーヨーカドー上傳。去年夏天到東京蜜月旅行，我還特別帶欣回到這裡買飲料，稍微避個暑氣。結帳前，我跟欣說，以前都來這裡借Wi-Fi與媽連線、傳訊，像服役新訓的公共電話亭。

很久沒有聽見媽的聲音了。

隔年二月，我的計畫期程結束，海運了幾箱資料返台。母親節後一週，媽過世了，我有點懊悔沒有更積極處理連線問題。即便越洋電話很貴，但偶爾聊聊都好。告別式後，我跟爸開始跑除戶程序。我們也到電信行，把媽的門號退租解除。那支還使用不到一年的智慧型手機，我一直留在身邊。那些日子我用免費Wi-Fi與媽互傳的訊息、照片，應該都在裡面。十年之間，我的手機也換過幾支了。我也有把Line的訊息壓縮打包，但是怕一見就哭，一直不敢打開。

後來幾次到東京，我都辦了旅行用的行動網路，沿途拍的照片、影音隨意傳，不再需要四處找尋免費Wi-Fi了。不過手機有時還是會自動搜尋熱點，跳出通知，問我是否加入網路。我當然知道這與媽無關，但每次通知閃動，我都會心一揪，寧可當作：這是因思念而同時發送給彼此的訊號。

貓戰九週年

日本手遊「貓咪大戰爭」(にゃんこ大戦争)在台登陸九週年了。我也從三十多歲的青年階段,正式踏入四十歲的中年邊界。最初,除了同期入坑的學弟A,沒聽說誰在玩這款遊戲。六週年的時候,營運團隊製作了一款旋律簡單、尾音飄忽,如素人亂哼的電視廣告,那句「大、大、大、打優毀」意外爆紅,才知道身邊有不少隱性玩家,連我的學生都在玩。

自九〇年代起算,我打電玩超過三十年了。最初的十年天天打:從遠足共享的掌機Game Boy,打到自家客廳的紅白機;從街頭機台的「快打旋風II」,打到房間裡PC的「仙劍奇俠傳」,再一路打到大學男子宿舍的「NBA Live」。

其後二十年，網路普及，我卻完全棄守線上遊戲的黃金盛世，固定追的就只有每三、五年推出一代的光榮版「三國志」系列，並偶爾複習SLG回合制策略遊戲的英傑傳、曹操傳、孔明傳。它們都是單機版遊戲，不用與人連線對戰。九年前的初夏，母親驟逝，告別式後，我一個人回到永和的房間，準備撰寫博士論文。那時我已經很久沒打電動了，用手機下載「貓戰」，純粹為了排遣悲傷，以及博論放風。像暫離逼仄的房間，一個人到頂樓的露台抽菸、透透氣。沒想到九年就這樣過去了。這之間我畢業了，與欣交往三年後，我們也順利結婚，而如今我還繼續在玩貓戰。欣每次看我低著頭、雙手把螢幕橫過來，說：「你又在打電動！」我都要思考一下要不要反駁。因為大部分的時候，我只是領登入獎勵、解任務、抽角色轉蛋，很久不推進關卡了。

作為一款橫軸塔防遊戲，貓戰的邏輯簡單粗暴：阻擋敵人拆塔，摧毀敵人的塔。我方有九種基本角色：貓咪、坦克貓、戰鬥貓、噁心貓、牛貓、鳥貓、魚貓、蜥蜴貓、巨神貓，各自擁有相異的攻防型態、能力與屬性。隨遊戲進行，可為角色升級、進化，也能透過關卡掉落或抽貓咪轉蛋，獲得新角色。塔防遊戲的玩法大同小異，但貓戰的登入獎勵不吝嗇、不濫發，營運團隊又不斷更新版本，追加性格與魅力獨具的原創角色與嶄新關卡，且不時與其他IP合作（如令人懷念的快打旋風II），推出期間限定活動，讓玩家感受誠意。我想這大概是它能歷久不衰的原因吧。如今我已經是角色圖鑑集滿九成以上、將近滿等的資深玩家了。但近年某些高階的新關卡，打了幾次無法突破，也就暫且不理它。當然若認真參考其他玩家上傳的影片攻略，也許是能攻克的；畢竟認真打電動的那十年，我最喜歡研究各種攻略本。不僅要破關，還必須設法窮盡遊戲設計者的心思。像駱以軍小說〈降生十二星座〉裡的遊戲「道路十六」，那個設計者用密碼隱蔽、難以進入的「直子的心」，就十分耐人尋味。但四十歲的我，已經不想勉強進入直子或是誰的心了，打不過就算了，連看攻略推進關卡，都缺乏太大的野心。

儘管如此，我還是天天登入貓戰，偶爾課金，當線上轉蛋機玩。某晚睡前，我又趴在床上玩，一直叨念說哎呦這關好難，慘敗。欣說：你課金怎麼還打不過？我說我又沒課多少，而且這遊戲的優點就是「課金≠碾壓通關」，平衡做得很好，即便參考攻略，也不見得能完美複製。「除了貓咪組合與等級，它很吃技術的好嗎？」欣說好啦打不過就快點關燈睡覺，別在那邊嘴砲。

不久欣睡著了。領了零時發送的登入獎勵「貓咪轉蛋券」，我也可以睡了。

說來這九年，貓戰雖然稱不上精神支柱，畢竟陪我走過生命中最悲傷、也最顛簸難測的浮浪狀態。即便是欣，講起貓戰伴我的年資，也只能自嘆弗如，失敬失敬。但我也不是沒有想過：假如有一天它不再更新，我會停止登入，與之相忘於江湖？或花心思研究攻略，把未推進的關卡逐一破解、未解鎖的角色圖鑑全數收齊，練到滿等，像過去玩的單機遊戲一樣？但我已經不是青春少年郎了，可以偶爾課金，卻沒有大把的時間可以消耗。況且去年也因初期老花，不得不配了一副多焦眼鏡。

如果歲月不可逆，除了課金延命，就只能期待更年輕的玩家了。

大概是前年吧。有次我在百貨公司的廁所外等欣，趁空玩一下貓戰。手機忘了關靜音，幾個小男孩聽見熟悉的音樂圍了過來，興奮地喊著：「是貓咪大戰爭！」我愣了一下，假裝沒事，熟練地點進正在閃動的限時關卡。明明不是太難的關，我的出陣列表一字排開，除了坦角大狂亂橡皮貓，幾乎都是華麗的超激稀有、甚至是自帶霓彩光暈的傳說稀有。看到絢爛的必殺攻擊，男孩們激動拚命吼叫，要我開「貓咪圖鑑」給他們看。我開了。他們帶著羨慕眼光看傻了。雖然有些尷尬，但那一刻，我簡直成了他們眼中的貓戰富翁——喂喂，你們該不會把我當成田僑仔（tshân-kiâu-á）課金戰士了吧？不是那樣的。

孩子們，你們九歲了嗎？

雖然不是特別值得驕傲的事，你們出生前，我就在打「貓咪大戰爭」了呢！
我們一起繼續玩到十一週年、十二週年好嗎？

哥吉拉

雖然我以「台文小叮噹」的名號走跳江湖，但從小最令我怦然心動的，恐怕是哥吉拉（ゴジラ）。幾年前夏天，我終於自求職之涯上岸，不再浮浪，在臥龍街旁擁有了一間掛有自己名牌的小研究室。某個炎熱午後，我帶著捲尺騎車到校，買了掃把與飲料準備丈量。畫完平面圖，我坐在辦公椅上轉來轉去，喝飲料、滑手機，忽然在頁面看到一隻二〇一六年上映的《正宗哥吉拉》（シン・ゴジラ）的第四形態模型。儘管牠上肢瘦如雞爪，但大口微張，長長的尾巴高舉，粗壯肥美的腿庫踩在激流裡踏浪而來，若能在研究室擺上一隻，除了無比帥氣，更是給自己的祝福。於是我瞞著欣，請在東京的友人R代購。R也是哥吉拉迷。「高三十公分很大隻喔，你要擺在哪？」我傳了張研究室的照片給她。

「妳不覺得這裡空空的嗎？」我把桌面右側圈起來。

「唔，確實。」她說。

九月開學前，哥吉拉來了，成為研究室的守護神、吉祥物。每位踏進我研究室的師生朋友，都要與牠合照一張。「好帥喔！」眾人驚嘆，搶摸牠的尾巴與腿庫。牠乍看帥氣，但從正面看，表情其實有點憨。迷濛的小眼睛與微張的嘴，有點像電視劇《孤獨的美食家》（孤独のグルメ）裡忽然餓了的井之頭五郎。小時候迷戀上的狂暴怪獸，與三十歲出頭覺得無聊透頂、年屆四十歲卻忽覺充滿魅力的嘴饞大叔，竟結合成為第五形態「哥吉拉・五郎」，想想真是不可思議。

如果記憶無誤，我小時候看過的哥吉拉電影恐怕只有一部。然而其高亢獨特的雙音節聲紋，卻彷彿燒錄在我的意識底層，以致此後每回哥吉拉的ＩＰ投胎轉世，只要牠昂首吼叫，登登登、登登登的經典音樂響起，都能精準召喚兒時觀影的興奮體感。然而那場電影究竟演了什麼，我幾乎沒有印象了，只記得畫面黑麻麻的，哥吉拉也黑麻麻的，但很龐大，許多時候只能看到牠的局部。好像還有藤蔓交纏、會開花的怪獸，與哥吉拉對戰。喔，還有人類，慌張而可惡的人類，居然用飛機坦克砲擊哥吉拉，值得被全數踩扁。在我純然二分的世界觀裡，哥吉拉理所當然是好人，那麼其他就一定是壞人了。片名我也忘記了，但我清楚記得是媽帶我和妹妹去看的。約略同一個時期我們還看了《桃太郎》，林小樓一直被壞人打到口吐白色液體（我都說那是吐奶），讓我印象深刻。幾年前與妹聊起，妹說媽真可憐，爸自己跑去看好萊塢動作片，媽只能陪兩個小鬼看哥吉拉、桃太郎，一定覺得無聊。

小時候的我還不真正認識哥吉拉，只當牠是恐龍。直到稍大一些看了一九九三年的《侏羅紀公園》（*Jurassic Park*），才知道恐龍跟牠完全不在同一個檔次。一九五四年，元祖《哥吉拉》誕生。沉睡於比基尼環礁底部的大怪獸，在氫彈試爆後覺醒、變異，自東京品川登陸後一路向北，大肆破壞了國會議事堂、銀座的和光時計台及日本劇場等知名地景。哥吉拉的誕生，召喚了日本戰爭與原爆的歷史記憶，象徵著毀滅與恐怖。據說其頭部曾考慮以蕈狀雲作為設計原型，皮膚紋理的靈感，則源自原爆倖存者身上的瘢痕疙瘩。在其後七十年間的衍生作裡，牠有時是毀滅之神，有時則與人類並肩作戰，守護日本。一九九八年美國版的《酷斯拉》（*Godzilla*）也有不同的世界觀及演繹，文化史意義之繁複不言而喻。小時候的我當然不會知道這些，但光聽牠那令人心動的吼叫聲、以及充滿魄力的放射熱線，就會明確感受哥吉拉就是哥吉拉，獨一無二。雖然很膚淺，但即便在成為大學教授、擅長做各種文學文化分析的現在，我還是只想看哥吉拉把眼前的一切踩扁、打爛、噴爆，人類的戲分並不是太重要。

哥吉拉擺在桌上，嚴肅的研究室好像就多了一點玩心。我跟學生說：「你們敢拿亂七八糟的論文來咪挺，小心牠把你噴到門外去。」我指一旁的哥吉拉，學生都笑了。我雖然講話直接，其實也怕傷了學生的心。有哥吉拉當壞人、扮黑臉，我就可以繼續當我的台文小叮噹。在台灣，哥吉拉好像是跨世代的共識。我們常用「小叮噹」或「哆啦A夢」（ドラえもん）來辨別世代，但哥吉拉就是哥吉拉（我不想討論美國版的酷斯拉，那是蜥蜴），即便牠在每部電影裡的長相、設定都不盡相同。對不同世代的我們來說，牠召喚的似乎不是戰爭與原爆的集體記憶，而是每一個人人設底下童稚的心。

去年冬天，我在臉書看到「哥吉拉怪獸路跑」的活動訊息，肥宅如我難得動了參賽念頭。欣為了激勵我運動，同意組隊參加，並相約踩飛輪跑步機。訊息分享後，似乎許多朋友、學生也報名了。路跑那天是週日，我們起了個大早，搭捷運到蘆洲。步行到河濱公園的路上，滿滿都是穿戴大會寄送的哥吉拉T恤、哥吉拉帽的中年或青年男女，有些甚至扶老攜幼。哥吉拉好厲害，把很多看似平時沒在運動的人都催出來了呢。因為是三點五公里的歡樂跑，大部分的人跑跑走走，拍照遛小孩，全無競賽氛圍。很多大人抱著在周邊商品區買的哥吉拉玩偶，甚至穿自備的恐龍裝奔跑。那表情超滿足、超幼稚、超解放，像參加一場變裝嘉年華。

與其說變裝，不如說：大人們脫下日常的偶裝，露出哥吉拉的本性。

其實我有時也不想扮演台文小叮噹，想負氣地說：我的百寶袋不見了，你去找別人。但我更期許能像哥吉拉一樣率性中二：合則來，不合則噴；踏浪而來，泅泳而去。

後記　長巷的午後

散文集接近完稿的某日，我與編輯、學生、欣一行人，在永和的長巷裡走了一個下午。怡慈十歲前在永和長大，現在與我是台地上的鄰居。珊珊的詩人父親曾在中正橋頭開牛肉麵館「風馬牛」，後來有一段時間舉家定居永和。我自博士班起算，落腳永和十四年，從永福橋頭一路住到雙和交界。欣碩班常窩台灣圖書館翻看史料，與我婚後，也住在永和三年半。學生珮綾世居中和，與怡慈同間國小畢業。那天不克出席的佩錦，在國二時搬來永和，是三位編輯唯一還住在這裡的。

我們在頂溪會合，先步行至中正橋頭，尋找詩人的牛肉麵館。然後深入小巷，逆行博愛街，經環河東路、福和路、永貞路、秀安街、安樂路、宜安路、景安路等，把這三十年間我們移動進出的記憶舊址一口氣串連起來，最後向西直行中和路，抵達我的散文集中常出現的那宛若廢墟的出租套房樓下。散步途中，我們沿街指認自己的記憶，與同行者分享，那些個別的生命細節、遷居軌跡，似乎也逐步拼接交織起來，在重層的永和宇宙裡，成為廣義的鄰居。

對我而言，那是一個不可思議的午後，如散文的行文，也像這本書的緣分。

前年初夏某日，怡慈深夜私訊，第一句話就問我散文集有無跟出版社簽約，說她讀了本日刊出的〈明亮的谷地〉，淚流滿面，想推我出書。兩週後的下午，我和欣與編輯們約在萬華見面談散文集計畫。我儘管興奮，卻也不免心虛。十多年前曾僥倖得了散文首獎，但在那之後，除了用積存的詩稿出了第一本詩集《孔雀獸》（二〇一一年），雖然我仍不斷產出文字，但就只有論文，以及企畫邀稿的知識性寫作，不太有自己的作品了。久而久之，我變得不太知道怎麼在文學中抒情，談論自己。偶爾收到除了字數限制、沒有任何企畫指令的自由稿約，甚至會莫名生氣。回想起來，這大概是長期疏於創作的過敏反應吧。二〇二一年的年底，金蓮姐受「Open Book閱讀誌」的月英總編囑託，邀我在「書・人生」專欄寫一篇文章。我深呼吸了一口氣，本想婉拒。但思及媽過世就要七年了，我仍一篇無成，心一動，便答應下來，用期末殘餘的寒假熱身，慢慢寫成〈與老媽的一些記憶，以及我的文學史前史〉。春天，文章刊出後，有兩次夢見媽，好像都騎著摩托車來。她平常不太入夢的，我想一定是她也讀到了這篇文章。不久，「自由副刊」向我邀一篇短稿，我回覆以〈明亮的谷地〉，記錄與媽最後一次小旅行的那個水氣氤氳、陽光充盈的美好午後。不過萬華赴會的那天，除了這兩篇新作、以及三、五篇舊稿，我幾乎是空著手去與編輯見面。欣問我到底哪來的勇氣？我說妳不如問問編輯們哪來的勇氣。

會面氣氛熱絡，我們設了一個群組，約定在我交出第一篇散文時見面換約，順便吃海鮮。暑假結束前，我刪刪改改完成了〈摸摸〉，接著動筆寫下一篇作品〈浮浪〉。〈摸摸〉定稿後，除了寄給編輯表明心志，我也將它投往副刊，同時上傳文學創作課的雲端資料匣。不是給學生的參考範例，而是給自己指定的作業進度。過了幾天，梓評回信說〈摸摸〉留用，新作很好看，歡迎歸隊。我不顧時間，半夜興奮地在編輯群組分享，隔天也請爸燒香時跟陳家的列祖列宗及老媽報告，像第一次投稿成功的小孩。

而在〈浮浪〉也完成之後，我覺得，好像找到了寫散文的節奏，以及能夠較為自在地在文學中談論自己的姿態、語氣。這兩年，我像打開了開關，陸續完成二十多篇長長短短的散文，竟是前半生作品總和的數倍。說也奇怪，十多年前得獎，我卻沒有更多想寫散文的企圖。編輯來邀書，我都問：詩集可以嗎？想來十幾二十多歲只想著當詩人，過了四十歲，才是散文的年紀。

中年變得多話，也許是原因之一，但更重要的是人總得學會讓自己變鬆。只有連滾帶爬地從捉襟見肘、灰頭土臉的三十歲後半順利脫出，對著鏡子一看，才真正意識到命運的殘酷，與青春不再，坦率接受自己的樣子與限制。很多事不宜再勉強了。與人的關係也是。年過四十，我再次動筆寫散文，而散文讓我回到自己，正視自己的悲傷、軟弱與愛，學習打開自己，也練習放下自己。整稿過程中，我回頭閱讀僅有的幾篇青春時代的文字，那種孤絕純粹的耽溺姿態，像一首悲傷的詩，我幾乎無從改動，它也拒絕我的改動。然而現在的我也有足夠的自信，能以四十歲的垃圾話與抒情與之匹敵。散文的我，是關係中的我，是與時空互動、不斷變化的我。我也漸漸發現，散文是一種包容力很大的文類，除了安放自己，也能夠將許多有意思的緣分、瑣事、對話、奇想包含在裡面，且能左右逢源，兼有小說的張力與詩的質地。有一回欣說：「你的散文很鬆，像一種邀請，很多人會在下面留言聊天。」

如果用我的話來說：散文就像聊天散步吧，特別在永和蜿蜒多歧的長巷午後。看似日常的風景與隨興雜談，卻充滿機遇與蔓生的活力。二十多歲得獎，是我落腳永和的第三個月；而當這本散文集終於完成，我已經四十多歲，並在去年冬天搬離了永和。走在安樂路的巷弄裡，珊珊問：今天的路線有規畫嗎？

怎麼走起來這麼順?我說沒有啊。我只是把每個人的舊址標在Google Maps上,跟大家一起且看且摸索。唯一預謀的伏筆,就是前往四號公園旁重新開張的搖滾牛冰淇淋。我十多年前在汀州路東南亞戲院附近吃過,但它比我預期的更好吃。

依據最初的設定,這本散文集的重心,會圍繞著與母親之間的記憶展開,因此它會是一本悼亡之書。然而寫到一半,忽然意識到書的真正主題並不完全在於懷念、失去,而是在母逝之後,我與爸、妹、欣賞試建立的家庭新關係。至於書名,本來想叫做「浮浪」。二十多歲時,我在一九三〇年代的日文文獻讀到一個詞「インテリルンペン」(知識浮浪者),覺得著迷;況且十多年的永和生活一言以蔽之就是浮浪。如果浮浪不好,「浮浪貢」(phû-lōng-kòng)也不錯。然而欣說書名應該是一種祝福。我們與編輯左思右想,甚至也請媽托夢。某晚怡慈來家裡聊天,離開前她說:「如果書名難以決定,不如就回到明亮的谷地。」

穿過記憶最幽深、綿長的那個隧道，就是明亮的谷地。開闊，翠綠，水氣氤氳，陽光充盈，舉目所及都閃閃發亮。那是我與媽最後一次的小旅行，也是這本散文集最初始的端倪。感謝怡慈、珊珊與佩錦一路的陪伴、回饋與等待，並不時接受我的訊息騷擾與緊急企畫，如漁港吃蟹、永和散步。感謝「自由副刊」的素芬姐、梓評，願意提供我無比珍貴的版面，接納我重新歸隊。感謝「Open Book閱讀誌」的月英姐、金蓮姐，沒有那一次的邀稿，不會開啟接下來的緣分。感謝向陽老師不斷提醒我：「論文只會擺在圖書館，只有詩會留下。要多寫！」雖然詩還不多，但散文集先寫出來了。謝謝芳明老師、九歌的素芳姐十多年來溫暖的鼓勵，我不會忘記。謝謝叔夏將我的〈浮浪〉收進年度散文選，妳知道收到信的當下我有多麼激動。謝謝順聰與栩栩，陪伴我從浮浪浮浪貢浮浪獸浮浪N+1地討論書名，雖然最後它叫做《明亮的谷地》。要再一次感謝順聰的序文能透視我浮浪貢的精神內裡、哆啦A夢內的哥吉拉，以及栩栩在書寫過程中坦率、精準的建議，你們真的是我的知音。感謝我所敬重的諸位師長親友，在接到推薦邀請時毫不猶豫秒答應，我真的三生有幸，何德何能。謝謝清鴻、美親與桂蘭，下一本書我要更自然、自在地在文章中寫台語。謝謝文學創作課的同學們，未來請繼續一起沉浸在寫作痛苦與快樂的輪迴吧！謝謝桂媚、昱軒、阿花、與弘毅葛格密集的情感與垃圾話支援。謝謝忽。謝謝四分之四。謝謝出現在散文集裡的每一個人。謝謝大姨、小姨。謝謝欣爸、欣媽與姆哥。謝謝爸、妹，謝謝摸摸。謝謝對我的作品最嚴格、但對我的任性最寬容的欣無嫌棄（bô-khì-hiâm），在創作、生活、及各種層面上與我共同努力，遇見妳是我此生最美好的事，雖然妳總說婚姻是一場修行。

謝謝媽。我很想妳。這一本遲到的書，是獻給妳的。

二〇二四年七月十四日於多風地帶

繫年

輯一：明亮的谷地

老鼠的字盤——2008年
封印——2023年
與老媽的一些記憶，以及我的文學史前史——2022年
明亮的谷地——2022年
家常料理——2023年
鍋——2024年
食蟹——2023年
鱈魚——2021年
初一家庭小旅行——2024年

輯二：浮浪

遶境——2024年
浮浪——2022年
摸摸（二〇一〇）——2010年

摸摸（二〇二二）——2022年

結巴少年——2024年

掠龍——2023年

輯三：夢中婚禮

騎車——2024年

偽單身放風計畫——2023年

夢中婚禮——2023年

同居生活——2024年

多風地帶——2024年

永和——2024年

輯四：冬季房間

冬季房間——2009年

黃昏釣場——2009年

延畢——2009年

忽必烈的野馬——2019年

東京的訊號——2024年

貓戰九週年——2024年

哥吉拉——2024年

新人間424

明亮的谷地

作　　者—陳允元
副總編輯—羅珊珊
責任編輯—蔡佩錦
特約編輯—陳怡慈
校　　對—陳允元、陳怡慈、蔡佩錦
封面設計—朱疋
內文排版—薛美惠
行　　銷—林昱豪

總 編 輯—胡金倫
董 事 長—趙政岷
出 版 者—時報文化出版企業股份有限公司
108019臺北市和平西路三段二四〇號七樓
發行專線—（〇二）二三〇六—六八四二
讀者服務專線—〇八〇〇—二三一—七〇五
（〇二）二三〇四—七一〇三
讀者服務傳真—（〇二）二三〇四—六八五八
郵撥—一九三四四七二四時報文化出版公司
信箱—臺北華江橋郵政第九九信箱

時報悅讀網—http://www.readingtimes.com.tw
思潮線臉書—https://www.facebook.com/trendage
法律顧問—理律法律事務所　陳長文律師、李念祖律師
印　　刷—家佑印刷有限公司
初版一刷—二〇二四年九月十三日
初版二刷—二〇二四年十月二十二日
定　　價—新臺幣四五〇元
（缺頁或破損的書，請寄回更換）

時報文化出版公司成立於一九七五年，
並於一九九九年股票上櫃公開發行，於二〇〇八年脫離中時集團非屬旺中，
以「尊重智慧與創意的文化事業」為信念。

明亮的谷地/陳允元著. -- 初版. -- 臺北市：時報文化出版企業股份有限公司, 2024.09
面；　公分. --（新人間；424）

ISBN 978-626-396-631-4（平裝）

863.55　　113011457

ISBN 978-626-396-631-4
Printed in Taiwan